Kathrin Spoerr | Britta Stuff

NACH FEIERABEND

Kathrin Spoerr | Britta Stuff

NACH FEIERABEND

Roman

DUMONT

FSC
www.fsc.org
MIX
Papier aus verantwortungsvollen Quellen
FSC® C083411

Erste Auflage 2015

Umschlaggestaltung: Lübbeke Naumann Thoben, Köln
Gesetzt aus der Quadraat und der DIN
Druck und Verarbeitung: CPI books GmbH, Leck
Gedruckt auf säurefreiem und chlorfrei gebleichtem Papier
Printed in Germany
ISBN 978-3-8321-9765-0

www.dumont-buchverlag.de

An einem Abend im August

Andrea Schaaf,
stellvertretende Vorstandsvorsitzende, Teil I

Ich habe ein Foto von meinem Großvater auf meinem Schreibtisch. Er steht auf dem Feld und sieht in die Kamera. Die Sonne muss scheinen, auch wenn man sie im Bild nicht sieht, kleine Lichtpunkte zwischen Grashalmen, und er trägt einen Hut, ein weißes Hemd, ein Sakko, eine lange Hose und seine klobigen schwarzen Schuhe.

Solche Schuhe trug er, weil ein Traktor auf sein Bein gefallen war. Er hatte ihn am Hang abgestellt, und der Traktor kam ins Rutschen und dann auf ihm, der etwas tiefer die Bäume beschnitt, zum Liegen. Meine Mutter sagt, dass sie noch nie jemanden so hat schreien hören. Und als der Krankenwagen kam und er auf der Liege reingetragen wurde, sah sie den Knochen aus dem Schienbein ragen. Sie sagt auch, dass er die Schuhe schon vorher hatte, er war im Krieg in Russland gewesen und hatte mit schweren Erfrierungen monatelang im Lazarett gelegen.

Mein Großvater war ein wunderbarer Mann. Sein Tag sah so aus: Er stand früh auf und aß ein Butterbrot mit Marmelade. Dann zog er sich an, jeden Tag ein weißes Hemd, ein Sakko, einen Hut. Wenn er etwas machen musste, was ihn beschmutzen konnte, »Drecksarbeit«, zog er über das Sakko noch einen grauen Kittel. Er arbeitete bis 11.30 Uhr entweder auf den Feldern oder im Obststück oben auf dem Berg, wo es Apfelbäume und Mirabellen gab. Oder in dem kleinen Garten, wo es Kartoffeln und Erdbeeren gab. Oder in der Scheune, wo seine Werkbank stand. Um 12 Uhr gab es Mittagessen. Danach arbeitete er wieder. Um 15 Uhr ein Marmeladenbrot. Um 18 Uhr Abendessen – Brot mit Salami. Danach sah er fern. Er trank jeden Abend eine Flasche Wein und morgens einen schwarzen Kaffee mit Zucker. Sonst trank er nichts.

Sonntags ging er in die Kirche, er saß immer auf demselben Platz. Er nahm den Hut ab und legte ihn neben sich. Manchmal fuhr er mit uns Kindern auch zu einer weiter entfernten Kirche, in einem kleinen grauen Auto, dessen Sitze mit weißem Fell bezogen waren. Vorn war eine Christophorus-Plakette an das Handschuhfach geklebt.

Die Gottesdienste dauerten meist sehr lang, es gab einen Chor, ein Streichquartett, einen Gitarristen und eine Kindergruppe mit Flöten. Ich fürchtete manchmal, dass ich dort bis zum Ende aller Zeiten sitzen müsste.

Ab und zu durfte ich unter der Woche mitfahren, ins Obststück. Wir nahmen dann den Traktor, den Berg hoch, dann rechts, dann links, dann immer geradeaus, bis die Häuser weniger wurden. Wir waren sehr langsam, so langsam, dass die Kinder uns eine Zeit lang folgen konnten, bis sie aus der Puste kamen und immer kleiner wurden und man irgendwann seinen Daumen vors Auge halten konnte, um sie verschwinden zu lassen.

Ich weiß beim besten Willen nicht mehr, wie mein Opa geredet hat und was er so gesagt hat, aber ich sehe ihn tausend Dinge tun. Ich sehe, wie er das Feld ansieht, ich sehe, wie er irgendwas irgendwo reinhämmert.

Ich will jetzt gar nicht sagen, dass er es so viel besser hatte als wir. Er hatte es bestimmt viel schlechter. Das war ein Leben, das für ein Kind toll war und für einen Erwachsenen vielleicht grauenvoll. Außer, dass er es nicht grauenvoll fand.

Frank Staub,
Angestellter Poststelle

Ich kann da nicht reingehen, und ich sage Ihnen auch, warum. Jeder Mensch braucht Drama, und wenn er es nicht hat, dann sucht er es sich. Manche haben Affären, sie beginnen sie, sie beenden sie, sie beginnen sie wieder, andere sind Künstler und lieben es, sich selbst scheitern zu sehen, andere hassen den Chef tagein, tagaus, sie finden wieder neues Hassenswertes. Die einen bekommen Kinder und andere Krebs. Das Drama meines Sohnes heißt Longhorn.

Longhorn ist ein Fisch, und wir kennen ihn vom Asiaten. Einmal in der Woche gingen wir früher essen, zu Soy, kein guter Asiate, aber ein besonderer. Man konnte dort alle Arten von asiatischem Essen bekommen, aber das ist eigentlich irrelevant, denn mein Sohn bestellte jedes Mal das Gleiche: einen »Reisbusen«, also eine Kugel weißen Reis und ein paar Hühnerspieße.

In der Mitte des Raumes stand ein Aquarium mit Korallen, einer kleinen Schatztruhe, ein paar Muscheln und etwa einem Dutzend Fische, unter ihnen Longhorn. Wir wussten damals noch nicht, dass er Longhorn heißt, er war einfach nur ein kleiner hellgelber Fisch, einer, der anders aussah als die anderen Fische, irgendwie quadratisch, mit einem spitzen Maul. Angetrieben wurde er von winzigen Flossen, und mit einer Art Wasserstrahl wühlte er den Sand auf, um dort nach Futter zu suchen. Außerdem hatte er zwei Antennen oder jedenfalls antennenartige Auswüchse vorn und hinten. Wir nannten ihn das Postpaket.

Immer wenn wir beim Asiaten waren, suchten wir das Postpaket. Es gab keinen Zweiten seiner Art in dem Becken, und wir machten Witze und überlegten uns, ob er sich wohl an die Putzerfische ranmacht, die ihn zu dick finden würden, oder an die vielen Nemos in dem Becken, die sicher auch einen quadratischen Fisch zum Freund haben wollten. Wenn wir gingen, sagten wir »Tschüss, Postpaket, bis nächste Woche«.

Es dauerte nur drei, vier Wochen, bis das Postpaket nicht mehr da war. Wir fragten die Frau beim Asiaten, sie sagte, dass der Fisch tot sei und dass sie keinen neuen der Art kaufen wolle, weil er sehr schwer zu halten sei. Sehr empfindlich sei der Fisch, und daher habe sie stattdessen einfach drei Nemos nachgekauft, die seien bei den Kindern auch beliebter.

Wir vergaßen ihn schnell. Nur manchmal, wenn mein Sohn eine gute Note bekam, sagte ich: »Wenn das das Postpaket wüsste!«, und er sagte: »Der würde vor Schreck glatt sterben.«

Jahre später, an dem Tag, den mein Sohn seither nur den »beschissensten Scheißtag auf dieser Scheiß-beschissenen Erde« nennt, traf er Longhorn wieder. Es war im Urlaub in Barcelona. Ich war nicht dabei, aber der Tag muss objektiv beschissen gewesen sein, denn mein Sohn war mit meiner Exfrau und ihrem neuen Mann da, und die beiden hatten ihm mittags nach der Paella eröffnet, dass sie bald heiraten würden und dass er eine Schwester bekäme.

Am Nachmittag dieses Tages in Barcelona also muss es in Strömen geregnet haben, vielleicht wollten sie aber auch einfach etwas unternehmen, was wenig Unterhaltung erfordert, jedenfalls gingen sie ins Aquarium.

Ich bekam eine SMS von meinem Sohn, in der stand: »Longhorn Cowfish!«, und direkt hinterher eine zweite: »So heißt das Postpaket«. Ich schrieb zurück: »Woher weißt du das und wie kommst du jetzt darauf?« Und er antwortete: »Bin mit Mama und dem Depp im Aquarium. Hab das Postpaket entdeckt! Er heißt Longhorn.«

Wie schrieben noch ein paarmal in Sachen Longhorn, ich fragte ihn, ob der spanische Longhorn wenigstens eine Frau habe, und wir kamen schließlich zu dem Schluss, dass der Barcelona-Longhorn unser asiatisches Postpaket sein musste, dass das Postpaket nie gestorben war, sondern ausgewandert. Es war so ein Geplänkel zwischen uns, ein kleiner Wettbewerb um die coolste Idee. Ich wollte immer cool sein für meinen Sohn. Und am Schluss schrieb ich ihm noch: »Und nenn ihn nicht Depp«, und mein Sohn antwortete: »Ich nenn entweder ihn Depp oder dich.« Er tat nicht cool. Er war schon mit dreizehn cool, richtig cool, naturcool. So cool, wie ich mit dreizehn nicht war und später auch nie wurde.

Als mein Sohn aus Barcelona zurückkam, wollte er ein Aquarium. Er sagte, dass ich schließlich immer gesagt habe, dass ein Kind ein Hobby brauche, und er habe sich jetzt entschieden, und er würde auch gern den Klavierunterricht aufgeben, zugunsten des Aquariums. Ich sagte:

»Na sicher, klar würdest du den Klavierunterricht gern aufgeben.« Ich sagte, dass ich auch nicht bereit sei, ein Aquarium zwei Wochen lang zu pflegen, und er komme dann alle zwei Wochen drei Tage lang und sehe danach – oder auch nicht. Ich sagte: »Du wirst das Aquarium aufgeben, so wie du jetzt den Klavierunterricht aufgeben willst. Und schließlich bleibt die Arbeit dann an mir hängen.« Er antwortete, dass mir ein Hobby auch ganz guttun würde.

Wir bekamen dann nicht irgendeinen Fisch. Wir bekamen den schwierigsten Fisch der Welt. Wir bekamen einen Kuhkofferfisch. Wir bekamen einen Longhorn.

Der Verkäufer im Aquarium, der ein bisschen aussah wie John Wayne, also im Prinzip ein Muskelpaket mit breitem Kiefer, erklärte meinem Sohn, was das Problem bei einem Longhorn sei, also nur eines der Probleme. Wenn er sich erschreckt oder verletzt, sondert er ein Gift ab, das im schlimmsten Fall alle anderen Fische im Becken töten kann und im allerschlimmsten Fall auch ihn selbst. Und wenn er stirbt, was beim Kuhkofferfisch auch jederzeit passieren kann, sondert er das Gift in jedem Fall ab. Wenn Longhorn stirbt, sterben also alle.

Ich wusste schon, während John Wayne sprach, dass mein Sohn den Fisch nun noch mehr haben wollen würde. Er freute sich richtig, er sagte: »Der Fisch ist ein Taliban, ein Schläfer, ein Attentäter mit Sprengstoffgürtel!«, dann fiel ihm was ein: »Moment. Das kann nicht sein. Die Frau beim Asiaten hat gesagt, dass das Postpaket einfach gestorben ist, und sie sagte nichts davon, dass die anderen Fische von ihm vergiftet wurden.« – »Ja, das hört man oft, grad aus Restaurants«, sagte John Wayne, »die wollen nicht, dass jemand ihren Laden mit schlechten Nachrichten verbindet. Da kaufen sie lieber noch mal genau die Fische nach, die sie schon hatten. Niemand steht auf Tod.«

Es entstand ein langes Gespräch darüber, wann genau sich so ein Kuhkofferfisch erschrecken kann. Ist er so schreckhaft wie beispielsweise meine Exfrau, dann kann man es vergessen, da waren wir uns beide einig, der Fisch würde sich vor seinem eigenen Schatten erschrecken. Wir kauften dann nur einen, weil wir auf Nummer sicher gehen wollten. Ein Massenfischsterben wollten wir nur ungern in unserem Wohnzimmer erleben. Wir erstanden dann noch eine »realistische Einrichtung« aus dem Gartencenter nebenan, eine Gießkanne, einen Gummistiefel (den zweiten warfen wir in den Fluss) und ein paar Fahrradschläuche. Ich hätte lieber Korallen gekauft. Auf die paar Hundert Euro wär's mir nicht mehr angekommen, ein Salzwasseraquarium ist eh so irrsinnig teuer – was soll's. »Aber Korallen sind nicht cool«, sagte mein Sohn. Hatte er nicht recht, total recht?

Mein Sohn kam zu der Überzeugung, dass man Longhorns Einsamkeit am besten kurieren kann, indem man sich mit ihm Fischfilme ansieht. Es gibt – leider – Millionen von Fischfilmen, und wir haben sie alle gesehen. Es klingt erfunden, aber es ist wahr. Natürlich war das nur eine Ausrede, mein Sohn war damals schon fünfzehn und zu alt für Fischfilme. Er zog die Vorhänge zu, schob den Fernseher in Richtung Aquarium, und wir sahen *Arielle die Meerjungfrau*, *Findet Nemo*, aber auch Fisch-affine Filme wie *Das Boot*, *Meuterei auf der Bounty*, *Titanic*, den wir immer wieder gucken mussten, weil mein Sohn fand, dass Longhorn bei dem Film am meisten Regung zeigte. Aber eigentlich schwamm Longhorn bei jedem Film seine übliche Runde um die Gießkanne und den Stiefel, eine unendliche Acht.

Acht Wochen nachdem er bei uns eingezogen war, bekam er weiße Punkte. Ich dachte mir erst nichts dabei, aber als mein Sohn am Wochenende kam, waren es schon etwa ein Dutzend, und mein Sohn sah mich an, als hätte ich Longhorn an einer Autobahnraststätte festgebunden, vor den Sommerferien. Er trat dann übers Internet mit anderen Aquaristen in Kontakt, lauter so Typen, die einen Aquarium-Fetisch haben, und es stellte sich heraus, dass es eine Pünktchenkrankheit gibt, die zur Ablösung der Haut und zum Tode führen kann. Wir fuhren also zu John Wayne, wir kauften irgendein Mittel und noch eins, wir kauften Spezialfutter, und zu Hause fingen wir Longhorn dann ein, aber ohne ihn zu erschrecken, denn das würde ihn auch töten. Wir tauschten das gesamte Wasser im Aquarium aus, wuschen die Kanne und den Stiefel, desinfizierten sie, ließen neuen Sand und neues Wasser ins Becken, reinigten die Filteranlage, ließen Longhorn wieder ins Becken und schauten *Titanic*.

Diese Pünktchenkrankheit kam immer wieder; immer wenn wir dachten: Jetzt ist Longhorn durch damit, jetzt hat er es überwunden, geschafft, er ist stark und gesund, immer dann kam wieder ein Pünktchen, wir fuhren zu Wayne, wir fuhren zurück, wir arbeiteten, wir schauten fern. Longhorn-mäßig waren wir ständig zwischen Sein und Nichtsein, und wir sprachen täglich über ihn, meist per SMS, wenn der Junge bei seiner Mutter war: »Pünktchen?« – »Ich kann nichts sehen« – »Okay, gute Nacht.« »Schlaf gut.«

Mein Sohn war inzwischen einer der Top-Fachmänner für Longhorn-Haltung im Internet, Longhorn-Halter aus aller Welt suchten seinen Rat, er war so eine Art Longhorn-Flüsterer.

Ich bin gleich fertig, keine Angst.

Gestern jedenfalls, ich saß an seinem Bett und hielt seine Hand. Ich dachte eigentlich, dass er schläft, aber dann fragte er plötzlich mit geschlossenen Augen, ob ich glaube, dass Longhorn einsam und daher depressiv sei. Ich sagte: »Longhorn? Unser Longhorn? Longhorn der Schreckliche? Depressiv? Quatsch, der braucht keinen, Longhorn kommt gut allein klar.«

Mein Sohn sagte: »Ich hab überlegt, ob Longhorn vielleicht einen Freund braucht oder eine Frau.«

Mein Sohn ist krank, das müssen Sie vielleicht wissen, sterbenskrank. Er ist eines von diesen Kindern, die jeder normale Mensch nur aus dem Fernsehen kennt, so ein Kind mit Glatze, daher saß ich auch an seinem Bett. Ich sah meinem Sohn also in die Augen, ganz fest, wirklich, ich kann das, wenn es sein muss. Man kann noch gut mit ihm reden, trotz allem. Mein Sohn ist nicht so, der ist tough, kein Heuler, ein guter Junge, der kann alles ab.

Ich sagte also: »Aber Longhorn ist doch jetzt schon so lange allein, der ist doch gar nicht mehr vermittelbar, was für eine Frau soll das denn sein?« Doch mein Sohn wollte nicht aufgeben, ich meine, er liegt da und hat nichts anderes zu tun, als mich mit dem Fisch zu nerven.

»Ich meine ja nur. John Wayne hat damals gesagt, man

kann einen Longhorn gut mit einem Seepferdchen halten, oder du besorgst einen zweiten Longhorn und kaufst ein größeres Becken«, sagte er.

»Es gibt keinen zweiten Longhorn, zumindest keinen, wie wir ihn haben«, sagte ich und auch, dass er doch mal lieber was von sich erzählen soll, statt immer nur von dem Fisch zu reden. Ich sagte auch: »Longhorn braucht keine neuen Freunde. Er ist ganz zufrieden mit dem, was er hat.« Ich erklärte ihm, dass ich neulich erst gelesen hatte, dass die Innenseite der Aquarien wegen irgendeiner Lichtbrechung spiegelt. Das bedeutet also, dass die Fische sich selbst sehen, an den Wänden des Aquariums, und sie können nicht erkennen, dass sie es selbst sind, sie denken, die Schatten sind andere Fische. Das reicht ihnen. Das ist so eine Art platonsches Höhlengleichnis für Fische. Ich kam mir sehr schlau vor, aber auch etwas verzweifelt.

John Wayne hatte vier Seepferdchen vorrätig.

Und jetzt kommt's.

Ich komme immer auf die gleiche Art nach Hause, gestern auch. Ich lege den Schlüssel in die Tasse mit dem abgebrochenen Henkel, ich gehe ins Bad, wasche mir die Hände, ich hänge die Jacke auf den Stuhl im Esszimmer, ich gehe zu Longhorn ins Wohnzimmer. Aber gestern wusste ich an der Tür, dass etwas anders ist als sonst. Ich glaube an so was normalerweise nicht, aber ich rief in die Wohnung: »Longhorn?« Irre, ich weiß. Ich ging dann mit Jacke und Schlüssel in der einen und dem Beutel mit den Seepferdchen in der anderen Hand ins Wohnzimmer. Ich sah Longhorn nicht, und dann sah ich Longhorn doch.

Ich hab dann was getan, was man eigentlich nicht tun

soll. Es war so eine Art Tierversuch. Wissen Sie, ich musste wissen, ob das Wasser wirklich vergiftet ist, wenn Longhorn tot ist. Ich hab also die Seepferdchen zur Longhorn-Leiche ins Becken gesetzt.

Und jetzt sag ich Ihnen, warum ich in dem Scheiß-Krankenhausflur rumstehe und nicht zu meinem Sohn ins Zimmer gehen kann. Ich glaub jetzt nämlich doch ans Schicksal. Da geht man sein halbes Leben davon aus, dass es im Becken kein Leben mehr gibt, wenn Longhorn tot ist. Alle sagen einem das. Sie sagen: Wenn Longhorn stirbt, sterben alle.

Aber wissen Sie was: Die Seepferdchen leben. Sie leben nicht nur ein bisschen, sie leben gut! Wahrscheinlich bekommen sie auch bald Dutzende kleine Seepferdchen-Babys, sind glücklich für immer, und ich kann dann eine Scheiß-Seepferdchenfarm voller glücklicher, für immer zusammenbleibender brütender Seepferdchen aufmachen. Und nun sagen Sie mir: Was soll ich mit den Scheiß-Seepferdchen, wenn er nicht mehr da ist?

Hannelore Lenkewitz, Sekretariat Marketing

Vor der Maschine sitzen. Zusehen. Der Normalwaschgang für Buntwäsche dauert hundertfünf Minuten. Wie viel Zeit abgelaufen ist, sieht man am Display, was sehr praktisch ist. Die alte Maschine hatte kein Display.

Je heißer, desto sauberer. Dreißig Grad, also unter Körpertemperatur, das ist ein schwieriger Waschgang, der schwierigste. Nur die schwarze und die dunkelblaue Wäsche brauchen das. Um die Farben zu schonen. Und natürlich die rote. Es ist gut, dass die Maschine im Keller steht. Eine Waschküche hier unten ist nützlich. Man kann sich verstecken. Wäsche waschen ist etwas sehr Privates. Der Trommel zusehen, wenn sie sich dreht, erst langsam, wenn das Wasser einläuft, vorsichtig mit der noch trockenen Wäsche, liebevoll. Dann, wenn alles nass wird, dreht die Trommel sich immer schneller. Es ist so, als würde die Maschine die Wäsche ans Nasswerden gewöhnen wollen. Dabei zuzusehen ist etwas Intimes. Und auch etwas Schönes.

Es gibt Menschen, die haben ihre Waschmaschine in der Küche oder im Badezimmer. Im Badezimmer, das kann man akzeptieren. Niemand wundert sich, wenn das Badezimmer abgeschlossen ist. Man geht rein und schließt ab, das ist normal im Bad. Dort kann man dann vor der Maschine sitzen, und wenn jemand kommt, ist die Tür eben abgeschlossen. Natürlich stört es, wenn an der Klinke herumgedrückt wird. Aber in der Küche? Wäsche sortieren neben den Kochtöpfen? Waschmittel neben dem Olivenöl? Und dann: Oben kochen die Kartoffeln, unten kocht die Weißwäsche? Die Hausfrau sitzt auf dem Boden herum, schaut der Wäsche zu? Das geht nicht. Das ist asozial. In der Küche muss man stehen, nicht sitzen. Nein, nein, der Keller ist ideal. Niemand kommt und stört. Niemand drückt an Klinken herum. Nichts ist hier, nur die Hausfrau und ihre Wäsche. Nach der Arbeit waschen und allein sein. Etwas Sinnvolles tun. Etwas Gutes. Dreck abwaschen. Das ist etwas Gutes. Vielleicht das Allerbeste.

Er sieht immer fern. Er sagt, das entspannt ihn. Früher konnte man darüber streiten. Heute nicht mehr. Heute kommt er nach Hause und geht direkt an den Fernseher. Das kann man akzeptieren lernen.

Die Maschine ist relativ neu. Die alte war noch nicht kaputt. Sie war fünfzehn Jahre alt und von Siemens. Sie hatte Programme für jeden Wäschetyp, von Wolle bis Leinen. Aber man konnte auch selbst bestimmen. Man konnte die Temperatur frei einstellen, nach Erfahrung, nach Gefühl. Vollwaschprogramm mit Vorwäsche und Kaltwasser. Zwei Sachen, die nicht zusammengehören – das konnte man einstellen. Mit der neuen Maschine kann man das nicht. Mit der alten konnte man auch tricksen. Wenn man weiße Wäsche lange und intensiv (Vollwaschprogramm), aber mit sehr viel Wasser (Wollwaschprogramm) waschen wollte, konnte man zuerst das Wollwaschprogramm einstellen, das Programm, das am meisten Wasser zieht. Man konnte dem Wasser beim Steigen zusehen. Nach all den Jahren wusste man, wann der Wasserzufluss stoppt. Man konnte »Stopp« sagen, leise, zu sich. Und es war schön, immer wieder schön, wenn im selben Moment das Wasser zu fließen aufhörte, nämlich dann, wenn das Bullauge halb mit Wasser bedeckt war.

Wolle braucht viel Wasser. Viel Wasser schont. Und danach konnte man den Programmknopf weiterdrehen auf Vollwäsche. Dann neunzig Grad einstellen. Die Maschine wusch dann also mit der Wassermenge für Wolle. Aber sie wusch heftig und heiß – der Tod für Wolle, Labsal für die weiße Wäsche.

Ist es schlimm, wenn man gern Wäsche wäscht?

Die alte Maschine merkte nicht, dass man sie betrog. Man konnte sie manipulieren. Nein, das klingt zu hart. Es war kein Betrug, keine Manipulation. Es war Arbeitsteilung. Sie war nicht aufdringlich, die alte Maschine. Sie hatte einfach akzeptiert, dass sie nicht der Chef war. Die neue macht so was nicht mit. Sie hat Elektronik eingebaut. Wahrscheinlich wiegt sie die Wäsche. Und dann entscheidet sie, wie viel Wasser gut ist. Sie teilt das Wasser zu, genau wie man auf der Arbeit Dateien zum Abtippen zugeteilt bekommt. Wenn man mit mehr Wasser waschen will, als die Maschine gut findet, saugt sie es einfach ab. Wenn man mittendrin das Programm wechselt, auf Vollwäsche, damit Weißes mit viel Wasser gewaschen wird, fängt sie an zu saugen. Sie saugt einfach das Wasser ab und das Waschmittel dann mit. Und wie kriegt man das fehlende Waschmittel nachträglich rein? Gar nicht! Das ist das Problem. Was immer man gegen die Elektronik der neuen Maschine tut, es geht schief. Man muss die neue Maschine in Ruhe lassen. Man hat keine Wahl. Keine Mitsprache. Die ganze Verantwortung muss man der Maschine überlassen. Wenn man sieht, dass es schiefgeht, kann man den Waschgang abbrechen. Insofern bleibt man doch Chef der Maschine. Die Arbeit bestimmt sie, den Notfall kann man selbst bestimmen. Routine und Revolution.

Aber wer will schon immerzu Revolution? Wenn man in Ruhe waschen will, muss man vorher mehr nachdenken. Beim Sortieren. Das Sortieren ist das A und O. Beim Waschmittel. Bei den Zusätzen. Bei der Menge. Beim Programm. Vorher sehr viel nachdenken. Damit alles gut wird. Ist es schlimm, eine alte Waschmaschine zu vermissen?

Darf sie einem fehlen, darf man sich an sie erinnern? Man hat nie ein Foto von der Waschmaschine gemacht, Fotos macht man bei Hochzeiten und Taufen, bei Geburtstagen vielleicht noch, aber man macht kein Foto von seiner Waschmaschine, weil man nie im Leben denkt, dass man sie vermissen wird.

Wäsche sortieren ist nicht schwer. Schwarz, Blau, Rot, Weiß, Hellbunt und Dunkelbunt. Grün kann man bei Blau mitwaschen. Es gibt zu wenig Grün, um nur Grün mit Grün zu waschen. Braun geht mit Rot. Zur Not, wenn nicht genug Rot zusammenkommt. Oder nicht genug Braun. Das hat auch was mit der Mode zu tun. Ich beobachte es bei den Jungs. Alle paar Jahre andere Farben.

Rot mit Braun geht. In Braun ist Rot drin. Da geht nichts kaputt. Blau und Schwarz kann man zusammen waschen. Er trägt ja immer schwarze Unterhosen. Schwarz kommt viel zusammen. Schwarze Hosen, überall Taschen, schwarze Kapuzenpullover mit Taschen. In Taschen lauert Gefahr: Papiertaschentücher. Niemals eins übersehen. Ein Taschentuch, das man übersehen hat, trifft einen unvorbereitet, wie ein Schlag in den Magen. Schwarze Socken, schwarze T-Shirts – es gibt reichlich Schwarz.

Wenn Schwarz ausblutet, wird es unansehnlich. Da hat die Werbung recht. Man kann eine schwarze Hose wegschmeißen, wenn man sie falsch wäscht. Zu heiß oder zu scharf. Die Ränder bleichen aus. Schade um die schönen Sachen. Schwarz ist die anspruchsvollste Wäsche.

Flüssigwaschmittel. Das ist nichts für jeden. Es ist gewöhnungsbedürftig. Die Industrie hat jahrelang geackert, um die Hausfrauen zu überzeugen. Und es ist gelungen. Es gibt Flüssigwaschmittel für Schwarz. Das ist erstaunlicherweise weiß.

Schwarz muss man behandeln wie rohe Eier. Dreißig Grad, nicht mehr. Keine Vorwäsche, kein Fleckenprogramm. Einfach kurz durchlaufen lassen. Man riskiert, dass Flecken nicht raus sind, das ist immer das Grundrisiko bei Schwarz. Bei vierzig Grad gehen die Flecken natürlich besser raus. Aber auch die Farbe. Schwarz wird grau, wenn man was falsch macht. Dann muss man es wegschmeißen. Mit der alten Maschine hätte man tricksen können. Viel, viel Wasser, Ansaugen mit Wollprogramm. Dann umschalten auf Feinwäsche. Mit der alten Maschine war alles einfach. Sie ging noch. Warum wirft man Dinge weg, die noch funktionieren?

Schwarz blutet sogar bei dreißig Grad aus, aber die Wäsche färbt sich dann gegenseitig wieder dunkel. Sie bleibt schwarz und neu wie am ersten Tag, da lügen sie in der

Werbung nicht. Ein Grauschleier auf der schwarzen Wäsche ist fast so schlimm wie ein Grauschleier auf der weißen Wäsche.

Schwarze Wäsche muss man sofort rausnehmen. Nicht warten. Nicht zwischendurch was anderes machen. Nicht mal eine Stunde. Einfach dasitzen und zusehen. Bis sie fertig ist. Hundertfünf Minuten. Schwarze Wäsche stinkt schnell. Stinkende Schwarzwäsche muss man wegwerfen. Die ist nicht zu retten. Noch einmal waschen hilft nicht. Der Gestank ist ins Gewebe gestempelt. Stinkende Bakterien, nicht totzukriegen. Ewiger Gestank. Die Halber stinkt nach schwarzer Wäsche. Alle denken, der Krachtmann stinkt. Ja. Das stimmt. Der Krachtmann stinkt. Aber er stinkt ehrlich. Er stinkt, weil er sich nicht wäscht. Die andern stinken, obwohl sie sich und ihre Wäsche immerzu waschen. Sie waschen und waschen und fühlen sich überlegen. Dabei sind sie verstunken und elend wie Teufel. Sie denken, sie waschen, aber sie können es nicht. Sie denken, sie sind wichtig, aber sie sind es nicht.

Es gibt kein Waschmittel für Rot. Es gab mal Waschmittel für Blau, das ist schon ein paar Jahre her. Für Jeans! Natürlich. Alle Welt trägt doch Jeans. Die Jungs auch. Er auch. Das hätte sich doch lohnen müssen für die Hersteller. Blauwaschmittel gibt es nicht mehr. Man hätte Vorräte anlegen sollen. Es gibt Dinge, man hat sie nicht getan und man kann sie nicht vergessen. Rotwaschmittel gab es noch nie. Warum ist das so? Warum ist kein Verlass auf die Hersteller? Es liegt an den Menschen, die alles zusammen waschen.

Es herrscht keine Ordnung in der Welt.

Wenn die Menschen zusammenhalten würden, hätte die Industrie längst Waschmittel für Rot entwickelt. Und sie hätte das Waschmittel für Blau nicht vom Markt genommen. Aber die Menschen waschen einfach alles zusammen. Das Waschmittel für Schwarz kann man auch für Blau und für Rot nehmen. Man muss zugeben – es geht.

Vor der Trommel auf dem Boden sitzen ist nicht bequem. Man kann sich auf die Fußmatte setzen, da kann man dann sitzen wie Buddha. Die Trommel ist magisch. Man kann die Sauberkeit lieben und zugleich auch den Schmutz. Socken sind gefährdet. Manchmal bleibt eine in der Gummirinne hängen, direkt am Bullauge.

Eine kleine Socke, das schwächste aller Wäschestücke. Sie kommt unter die Räder.

Man sieht es, wie sie da reingerät, wie sie ausgesondert wird von den anderen Wäschestücken, weder gewaschen noch geschleudert, sondern nur durchnässt wird. Man ist völlig machtlos, man sitzt davor, man kann das Glas berühren, der kleinen Socke mit dem Zeigefinger am Glas zuwinken, bisschen am Glas kratzen, wie bei den Tieren im Zoo.

Die Jungs können nicht waschen, sie legen die Sachen ihrer Mutter hin, mir, was gut ist. Er kann auch nicht waschen. Er muss nicht waschen. Er soll nicht waschen. Er darf nicht waschen. Er wäscht manchmal heimlich.

Er wäscht alles falsch, alles, alles falsch. Man muss es nehmen, was er gewaschen hat. Man muss es von der Leine reißen und alles neu waschen. Fragt man ihn, warum tust du mir das an, sagt er: Ich hatte keine Unterhosen mehr.

Man müsste sich scheiden lassen.

Georg Krachtmann, Angestellter Vertrieb

Auf seinem Nachhauseweg bleibt Krachtmann stehen. Etwa fünfzehn Meter vor seiner Tür hört er einfach auf zu gehen, die Aktentasche in der linken Hand, die Füße fast parallel nebeneinander. Er steht allein auf der Straße, sonst würde ihn vielleicht jemand fragen, ob ihm etwas fehle, aber Krachtmann fehlt nichts, soweit man das von außen sagen kann. Er starrt auf einen Mann, der vor dem Haus Nummer fünfzehn sitzt, auf der Eingangsstufe. Haus Nummer fünfzehn, Krachtmanns Haus, liegt in einer noblen Gegend, nur wenige Meter entfernt von der Friedrichstraße, wo man Kleider für zweitausend Euro kaufen kann. Er hat dort schon gewohnt, als die Kleider noch keine Ahnung wie viel kosteten, so genau hat ihn das nie interessiert. Jedenfalls stand damals die Mauer nur einen Steinwurf entfernt.

Es ist Sommer, die Bäume tragen volles Laub, und Krachtmann trägt einen Anzug samt Weste. Der Mann, auf den er starrt, hat die Knie weit gespreizt, und seine Unterarme ruhen auf den Oberschenkeln. Er sieht besonders menschlich aus, komplett aus Fleisch, sein gesamter Körper scheint sich zu heben und zu senken beim Atmen. Kaum vorzustellen, was wäre, wenn der Mensch husten müsste oder niesen. Der Mensch tippt auf seinem Handy. Er trägt einen Overall, wie ihn Handwerker tragen, auf der Brust, direkt überm Herz, ist ein Schild aufgenäht: »Firma Heise«. Er ist riesig, soweit man das sagen kann von einem Mann, der sitzt, aber es fällt ihm sichtlich schwer, auf dieser Stufe zu sitzen, er muss seine Beine wirklich weit öffnen. Neben ihm, auf der Straße: ein Werkzeugkoffer.

Krachtmann sieht ihn an und bewegt sich nicht. Es ist nicht so, dass Krachtmann angespannt aussieht, eher so, als würde er nicht einmal atmen, als würde sich kein Molekül seines Körpers bewegen, als hätte das Herz ganz aufgegeben zu pumpen und die Muskeln hätten sich schlaff aneinandergeschmiegt, Seite an Seite schlafen gelegt.

Der eine sitzend, der andere stehend, scheinen sie Teil eines Stilllebens zu sein, eventuell ein Apfel und eine Banane, jedenfalls zwei sehr unterschiedliche Früchte. Vielleicht auch ganz anders. Es ist schließlich niemand da, der es bemerken könnte.

Krachtmann hört auf zu stehen. Er geht los, als hätte es einen nur für ihn hörbaren Startschuss gegeben. Er geht direkt auf die Tür zu.

Möglicherweise ist ihm Millisekunden vorher bewusst geworden, dass sein Rumstehen ziemlich auffällig ist. Möglicherweise erinnert er sich daran, was er neulich im Fernsehen gesehen hat: Wenn Warzenschweine eine Gefahr sehen, laufen sie nicht weg, sie laufen direkt darauf zu. Möglicherweise hält er sich insgeheim für unsichtbar. Vielleicht ist auch nichts davon der Grund.

»Herr Kachtmann?«

Der Mann steht nun, er steht auf der Stufe und überragt

den auf der Straße stehenden Krachtmann um zwei Köpfe. Krachtmann starrt direkt auf das Brustschild und sagt:

»Sie müssen mich verwechseln.«

Das ist zumindest nicht ganz falsch, denkt Krachtmann wahrscheinlich, denn er heißt ja nicht Kachtmann, sondern Krachtmann, und es hat ihn eh immer geärgert, die Zettel dieses Menschen in seinem Briefkasten zu finden: »Bitte melden Sie sich, Herr Kachtmann.«

Krachtmann drängt sich an Firma Heise vorbei, schließt die Tür auf und durchschreitet den Flur in großen Schritten, das Tempo kurz vor Rennen. Er nimmt die Treppe, das scheint zunächst unlogisch, der Fahrstuhl wäre die naheliegende Wahl, aber im genetischen Programm eines Flüchtenden ist »Laufen« einprogrammiert und nicht »Stillstehen im Fahrstuhl«. Die Treppen nimmt er zunächst einzeln, dann zwei auf einmal, und er wird immer schneller. Er muss hören, dass er verfolgt wird von dem Handwerker mit dem Koffer. Krachtmann ist sehr schlank, aber nicht mehr ganz jung, vielleicht sechzig, er ist sehr wenig Mensch, jemand, der generell seit Jahren weniger wird, jemand, der vor den Augen aller langsam verschwindet. Was nicht zu sehen ist, sind die Zigaretten in seiner Brusttasche, von denen er sechzig Stück am Tag raucht. Wenn man das aber weiß, dann versteht man, warum Krachtmann so laut keucht.

Krachtmann richtet schon während der Verfolgungsjagd den Schlüssel wie ein Messer nach vorn. Er hat wohl vor, ihn in das Schloss zu stechen, umzudrehen, reinzuschlüpfen und dann schnell die Tür zuzuschlagen. Hinter ihm erreicht der Mann im Overall den Treppenabsatz, und

Krachtmann atmet tief aus. Es ist zu spät. Er dreht sich um und macht sich so breit, wie er kann.

»Was wollen Sie?«

»Herr Kachtmann«, sagt der Mann, »ich komm von der Firma Heise. Ich bin der Herr Jens. Ich soll bei Ihnen den Zähler ablesen.«

Das ist natürlich absurd, dass dieser besonders menschliche Mensch nach dieser Verfolgungsjagd ganz normal mit Krachtmann sprechen kann. Er keucht nicht mal, der Mensch-Mensch. Er versucht Krachtmann die Hand zu schütteln, aber er hält in der Bewegung inne, wahrscheinlich, weil Krachtmann gerade die Arme vor dem Körper verschränkt.

»Sie müssen ein anderes Mal kommen«, sagt Krachtmann, der es offenbar nicht für nötig hält, das mit dem Namen zu korrigieren. »Es passt mir gerade nicht.«

Der Mann stellt seine Tasche auf dem Boden ab. Wieder sieht dies keiner (außer Krachtmann-Kachtmann und dem Mensch-Mensch), aber Krachtmann kann auch allein deuten, was es heißt; es heißt: »Auf keinen Fall.« Laut gesagt wird: »Das geht leider nicht, Herr Kachtmann.«

»Wie meinen Sie das?«

Der Mann bückt sich, öffnet seine Tasche, zieht einen Ordner mir Klarsichthüllen heraus und aus einer der Klarsichthüllen ein Papier.

»Herr Kachtmann, ich war insgesamt schon acht Mal bei Ihnen. Ich habe Ihnen acht Mal Nachrichten und meine Nummer hinterlassen.«

»Ja und?«

»Und das war nur in diesem Jahr. Herr Kachtmann, Ihr

Zähler wurde seit drei Jahren nicht mehr abgelesen. Wenn Sie mich jetzt nicht reinlassen, komm ich das nächste Mal mit der Polizei.«

Herr Kachtmann, Herr Kachtmann, was redet der Mensch?

»Ach, reden Sie doch keinen Scheiß. Ich lass mich doch nicht von Ihnen bedrohen.«

Der Mann hat sich schon seine Gedanken über Krachtmann gemacht. Er hat seiner Frau von ihm erzählt, dem Mann, der nie die Tür aufmacht. Sie scherzten: »Herr Kachtmann hat bestimmt 'ne Leiche im Wohnzimmer«, »Herr Kachtmann ist vielleicht pervers«, »Herr Kachtmann ist reich und lagert sein Geld in der Wohnung«.

»Sie können mich nicht zwingen«, sagt Krachtmann.

Der Mann steckt das Papier wieder in die Hülle.

»Jetzt nicht, Herr Kachtmann. Aber wenn Sie mich jetzt nicht reinlassen, dann kommt das nächste Mal die Polizei.«

»Warten wir's ab. Und jetzt gehen Sie bitte.«

Dieser Scheißmensch.

Spätestens zu diesem Zeitpunkt muss man erwähnen, dass Krachtmann inzwischen mit dem Rücken so dicht an der Tür steht, dass er sie fast berührt, er lehnt sich nicht an, er beugt sich leicht vor, als wolle er den Mann jede Sekunde anspringen.

Der Mann hat sich breitbeinig ans Treppengeländer gelehnt und die Arme überkreuzt, in einer Hand den Hefter haltend.

Das Licht geht aus, der Schalter ist einige Meter von beiden entfernt, und es ist schließlich nach einer Pause der

Handwerker, der den Weg geht und das Licht wieder anmacht.

»Gehen Sie doch endlich«, sagt Krachtmann. »Gehen Sie jetzt.«

Der Mann sieht Krachtmann an.

»Gehen Sie, bitte.«

»Herr Kachtmann, irgendwann MUSS der Zähler abgelesen werden.«

»Gehen Sie.«

Der Mann steckt die Zettel in der Klarsichtfolie wieder in seine Tasche.

»Sie hören von mir, Kachtmann.«

Dieses Kachtmann ohne Herr klingt wie ein Fluch, und Krachtmann bleibt stehen, bis er unten den Knall der ins Schloss fallenden Tür hört. Er öffnet die Wohnungstür und zieht sie schnell hinter sich zu. Er geht durch den Flur, eine schmale Gasse gibt es noch, links der Stapel mit den alten Zeitungen, der sich gefährlich nach vorn neigt, rechts die alten Dosen.

Er geht durch das Berliner Zimmer, eigentlich ein Durchgangszimmer, bis zur Decke voll mit Kartons und gelben Säcken, gefüllt mit: getragenen Kleidern, Pizzakartons, Zeitschriften, Taschentüchern, Wasserflaschen, Bierflaschen, Kleiderbügeln, Quittungen, Plastikbesteck, Bettwäsche.

Aschenbecher, volle und leere, Flaschen, Kisten mit Flaschen, Kisten ohne Flaschen.

Links an der Wand: Krachtmanns Bücher, die sich bedrohlich zu einer Mauer zusammenfügen, einer Mauer über das Kaiserreich, das Dritte Reich, aus Krimis und den

Ausgaben des National Geografic seit 1998. Wenn diese Mauer fällt, wäre es besser, nicht dabei zu sein.

Krachtmanns Wohnung, das muss man schildern, weil niemand sie gesehen hat, seit fünfzehn Jahren mindestens, besteht aus Kontinenten von Müll. Doch würde man versuchen, seine Welt zu vermessen, entstünde eine Karte mit vielen weißen Flecken, entlegenen Zonen, die sich jedem Zugang entziehen und die auch der Schöpfer dieser Welt lange nicht mehr gesehen hat. Das alte Schlafzimmer zum Beispiel benutzt Krachtmann seit Jahren nicht mehr, er weiß nicht, was drin ist, irgendwann hat er einfach die Tür verschlossen und nicht wieder geöffnet. Lieber schläft er auf der Couch, hinter Bergen aus alten Joghurtbechern.

Krachtmann geht in die Küche, wo er seit Jahren nicht mehr gewesen ist. Hier liegt alles, was einst dreckig war und bei dem er sich nicht die Mühe gemacht hat, es auszuwaschen. Ihm wird kurz schlecht, er geht zum Heizungszähler, nimmt einen Stift aus seiner Brusttasche und schreibt den Zählerstand ab. Er weiß nicht, ob er es schaffen wird, den Zettel aus der Hand zu geben, aber er kann später auch eine E-Mail mit dem Zählerstand schreiben. So einfach ist das.

Er setzt sich auf den einzigen freien Stuhl, direkt neben dem Tisch.

Soll ich den Vermieter anrufen?

Soll ich ihm den Zählerstand durchgeben?

Soll ich den Zählerstand mit dem Handy abfotografieren und das Bild mailen?

Wird der Mann wiederkommen?

Wann wird er wiederkommen?

Mit wem wird er wiederkommen?

Mit der Polizei?

Wird er denken, dass ich hier eine Leiche aufbewahre?

Wird er denken, dass ich hier ein Drogenlabor habe?

Werden sie die Tür aufbrechen?

Kann ich rausgeworfen werden?

Kann ich das verhindern?

Er steht auf.

Die Briefe!

Er watet durch die Reste seines Lebens in Richtung Schlafzimmer, links davor steht eine Truhe, er wühlt und ruft: »Da!«

Er braucht sie natürlich nicht, er kann sie auswendig, von »Hallo Georg« bis »Deine Geliebte«, er kennt die ersten Briefe, in denen sie schrieb »Wir sind verrückt, ich bin verheiratet«, er kennt die mittleren Briefe – »Wenn wir nicht zusammengehören, wer dann?« –, und er kennt die letzte Notiz: »Mach's gut.«

Mit dem Aktenkoffer in der Hand geht er zur Tür. Er könnte nun die Stufen hinuntergehen und einfach gehen und nie mehr stehen bleiben. Nie wieder in diese Wohnung zurückgehen, irgendwo, ganz allein, neu anfangen.

Er könnte sogar ein Streichholz in seine Wohnung werfen, alles anzünden und dann losgehen. Er könnte am Checkpoint Charlie vorbeilaufen, sich zwischen die Kameras und Motive der Touristen in Urlaubsbilder einschleichen, ein wandernder Geist, den man später entdeckt wie eine unheimliche Begebenheit. Er könnte am Büro vorbeilaufen, dem hässlichen Hochhaus an der hässlichen alten Grenze mit seinen hässlichen Räumen, er könnte auch dort ein Streichholz reinwerfen und immer weitergehen, hinter ihm Flammen und vor ihm eine schöne, neue Welt.

Er könnte.

Lena Waldmann, Leitung Personalbüro

Das Licht im Bad gleicht am ehesten Kerzenlicht, leicht orange, diffus, eine große milde Lampe direkt über dem Spiegel. Es ist ein Licht, in dem man die gröbsten Unzulänglichkeiten nicht sehen kann, Stirnfalten, die eine Narbe an der Schläfe, ein kleines Loch, wie ein Mondkrater. Wenn man sich in dem Licht im Bad gefällt, und sie gefällt sich heute, kann man den nächsten Schritt wagen und in den Spiegel im Flur blicken. Licht, das von oben kommt, ist gefährlich, das fällt ihr immer wieder in Fahrstuhlspiegeln auf, in denen sie sich inzwischen gar nicht mehr ansieht, und wenn, dann nur flüchtig. Licht von oben ist wie ein Lehrer, der einen nicht leiden kann, es wird einem immer eine drei geben, auch wenn man eine eins verdient hätte. Licht von oben wirft Schatten.

Wenn man sich im Flurspiegel mag, dann kann man den letzten Schritt wagen, der nun, am Abend, nicht mehr geht. Mit dem Handspiegel in einer alten Puderdose auf dem Balkon. Tageslicht schönt nichts, Tageslichtbetrachtung ist enorm wichtig, denn erst im Tageslicht kann man sehen, ob man das Make-up gut aufgetragen hat oder ob ein Rand verrät, dass man schlampig war. Man entdeckt Augenringe, die im Kunstlicht noch nicht da waren. Möglicherweise sieht man, dass man noch mal ganz von vorne anfangen muss.

Warum muss man immer von vorne anfangen?

Sie geht ins Arbeitszimmer und legt einen halb fertigen Brief unter die Plastikunterlage des Schreibtisches. Sie ist schon am Morgen gelaufen, aber sie will noch mal, trotz der Tatsache, dass sie Kopfschmerzen hat und sie wegen der Blutverdünnung nicht mal Aspirin nehmen kann.

Sie läuft die Danziger runter in den Park. Es ist immer noch heiß. Auf dem Rasen im Dunkeln sitzen sie in kleinen, in großen Kreisen, wie Planeten, die sich abstoßen. Sie halten Abstand, nach einer geheimen mathematischen Formel ordnen sich sich an, berechenbar, idiotisch. Der Sommer ist eine Scheiß-Jahreszeit, die Glücklichen können mit ihren Freunden sein, und die Unglücklichen, Einsamen müssen leiden und den anderen beim Glücklichsein zusehen. Sie liegen in ihren Betten und hören noch lange draußen die anderen lachen, ein Echo der eigenen Einsamkeit. Es ist wie mit der Schönheit: Wenn alle hässlich wären, würde niemand die Schönheit vermissen.

Sie läuft gern. Wegen der Schritte. Sie zählt bis zehn und dann wieder von vorn. Eins, zwei, drei, vier, fünf, sechs, sieben, acht, neun, zehn. Mit jedem Mal entschlossener.

Mit jedem Schritt stößt sie den Erdball ein bisschen nach unten. Sie mag das Gefühl ihres Zopfes, der auf und ab schwingt mit jedem Schritt, Morrissey singt in ihr Ohr: *The sanest days are mad, why don't you find out for yourself. Then you'll see the price.* Sie läuft einmal um den kleinen See neben dem Schönbrunn, wo sie sonntags mit ihrer Mutter immer frühstückt. Willst du einen Kaffee? – Was, noch einen? Willst du mich umbringen? Herr Ober, meine Tochter will ihre eigene Mutter umbringen!

Wer zum Teufel sagt »Herr Ober«?

Es kündigt sich Regen an, Birken, Eichen, Tannen, Lärchen, alle beginnen zu rauschen, als hätte ein Dirigent ihnen ein Zeichen gegeben. Sie läuft in das kleine Wäldchen, ins Herz des Rauschens. Schatten spielen Fangen zwischen gelbem Laternenlicht. Für einen Moment ist ihr, als sei da etwas. Auf dem Weg. Ein Tier. Ein Fuchs vielleicht.

Eins!

Zwei!

Drei.

Vier.

Vielleicht lebt er noch, auch wenn er tot aussah. Sie dreht sich im Laufen um.

Fünf?

Sechs?

Doch da ist nichts, außer Schatten. Es ist kalt inmitten der Hitze. Ihr ist, als habe sie eine Schlinge um den Hals des Fuchses gesehen und Blut an seiner Schnauze.

Die Glücksplaneten haben sich aufgelöst, sie haben die Decken zusammengerafft, die Flaschen liegen lassen. Zu Hause angekommen, schreibt sie weiter.

Ich möchte, dass du Felix anrufst. Er ist auf Dienstreise, in der Schweiz, und würde eigentlich nicht vor Montag nächster Woche zurückkommen. Du erreichst ihn auf dem Handy oder im Hotel Vier Jahreszeiten, St. Moritz: +41 31 5543234. Ich habe ihm gesagt, dass ich eine Routineuntersuchung machen lassen muss.

Er läuft so selbstverständlich nackt durch die Wohnung, als sei er angezogen. Er wird nicht damit aufhören, bis sie fragt, wie sein Tag gewesen ist. Sie steht auf. »Wie geht's?«, fragt sie ihn. Er will dauernd in diesem freundlichen Ton reden, den sie ihren Mitarbeitern immer abzugewöhnen versucht, dieser Wie-kann-ich-Ihnen-helfen-Ton, den jeder schnell als unnatürlich entlarvt. Die Kunst aber besteht darin, Unnatürliches natürlich wirken zu lassen. Und der Fachmann dafür ist nicht Felix, sondern Kulbe.

Es begann mit einem Fernsehbeitrag über nicht invasive Schönheitsbehandlungen. Sie interviewten ihn, er war Ende fünfzig und auch Allgemeinmediziner, nicht nur Schönheitschirurg. Das fand sie gut, kompetent, und er sah ganz gut aus. Auch wenn man sehen konnte, dass er eitel sein musste.

Als sie das erste Mal in dem weißen Lackstuhl vor Doktor Kulbe saß, sagte sie ihm: »Ich möchte alles, aber nichts, was eine Operation nötig macht.«

Sie waren sich einig, dass es sinnvoll war, sein Geld in das Gesicht zu investieren statt in immer neue Pullis oder Hosen, die dann eh im Jahr drauf unmodern sein würden. Ein schönes Gesicht wird nie unmodern.

Sie hatten mit Botox begonnen, doch Botox kann nur die Falten glätten, nicht aber das mit den Jahren verlorene Kollagen wieder aufbauen, also muss man irgendwann auch mit Kollagenspritzen arbeiten. Doktor Kulbe hatte gerade einen neuen Laser aus Amerika bekommen. Fraxel hieß der. Er brennt Tausende winzige Löcher in ein Gesicht. Die Haut zieht sich im Verlauf der Heilung zusammen, und die Zellen werden angeregt, neues Kollagen aufzubauen. Sie hat sich vier Mal von Doktor Kulbe lasern lassen, immer wenn Felix in der Schweiz war. Und jedes Mal war es, als würde jemand das Gesicht Millimeter für Millimeter mit einem brennenden Streichholz abflämmen. Jeweils eine Woche nach der Behandlung sah sie schlimm aus, wie nach einem schweren Unfall. Aber dann lösten sich die Krusten und darunter war Babyhaut, ganz unschuldige Haut, ohne Vergangenheit.

Der Punkt, an dem das alles nicht mehr reichte, kam vor etwa zwei Monaten. Sie saßen in der Praxis, eine schöne Praxis, ganz in Weiß mit afrikanischen Holzmasken an den Wänden, und er sagte: »So ein Facelift, Frau Waldmann, ist nicht ohne Risiken. Es ist sehr unwahrscheinlich, dass Ihnen was passiert, wir sprechen da von einem Risiko im Niedrigprozentbereich, also bei drei Prozent vielleicht, und das fasst schon alle Risiken zusammen, also auch kleinere wie Entzündungen oder Übelkeit. Das Risiko zu sterben ist also noch geringer. Wurden Sie schon mal operiert?«

»Noch nie.«

»Dann weiß man natürlich nicht genau, wie Sie auf Narkosen reagieren, aber die heutigen Narkotika werden eigentlich von neunundneunzig Prozent der Patienten gut vertragen. Gibt es Narkoseunverträglichkeit in Ihrer Familie?«

»Nein, aber mein Vater ist bei einer Blinddarmoperation gestorben.«

»Das ist ungewöhnlich. Wie kam das?«

»Der Arzt hat ein Gefäß angeschnitten, und er ist wohl innerlich verblutet.«

»Wann war das?«

»Kurz nach meiner Geburt.«

»Okay, also war das in den Sechzigern, richtig? Damals war die Medizin noch nicht so weit. So was würde heute nicht mehr passieren.«

Er gab ihr ein Blatt, auf dem stand was von Thrombosen, Blutungen, Nachblutungen, Wundheilungsstörungen, und sie setzte hinter jeden Absatz ihr Kürzel auf eine Linie.

Dann sagte Kulbe: »Das tut mir wirklich leid, das mit Ihrem Vater.«

»Das muss es nicht.«

»Hat er Ihnen gefehlt?«

»Nein. Ehrlich gesagt war ich stolz darauf, das einzige Mädchen aus der Klasse zu sein ohne einen Vater.«

»Ah ja?«

»Manchmal habe ich andere Kinder oder meine Erdkundelehrerin mitgenommen. Ich hab sie gefragt: ›Kann ich Ihnen oder kann ich dir mal was zeigen?‹ Und dann fuhr ich mit ihnen zum Grab. Ich hab dann erzählt, wie er gestorben ist. Ich sagte ›Mein Vater hat sich in der Garage erhängt, weil meine Mutter einen Liebhaber hatte, aber das darfst du keinem sagen, okay?‹ oder ›Mein Vater ist bei einem Flugzeugabsturz gestorben. Er hat noch versucht, das Flugzeug zu landen, nachdem der Pilot einen Herzinfarkt erlitten hatte, aber er konnte das Fahrgestell nicht ausfahren, und das Flugzeug schoss über die Landebahn hinaus und ging in Flammen auf. Aber sagen Sie das bitte keinem!‹. Manchmal hatte ich richtig Angst, weil ich das alles erfunden hatte und er dann plötzlich eines Tages doch mal vor der Tür steht.«

Sie konnte sehen, dass er Tränen in den Augen hatte, diese Reaktion kannte sie schon. Sie stand auf und ging um seinen Schreibtisch. Sie öffnete ihre Hose, zog sie halb runter. Sie nahm seine Hand, warm und trocken, sie nahm den Daumen seiner rechten Hand und steckte ihn in sich rein.

Felix wird mich natürlich sehen wollen, im Sarg und vielleicht auch schon vorher im Leichenschauhaus. Ich habe ein Testament, das liegt in der obersten Schreibtischschublade, darin steht, dass ich möchte, dass alle mich so in Erinnerung behalten, wie ich bin, und dass ich nicht möchte, dass mich jemand tot sieht, und dass ich verbrannt werden möchte.

Muss sie dann trotzdem geschminkt werden?

Sie war einmal ungeschminkt im Büro erschienen, also das, was sie unter ungeschminkt verstand: Make-up, brauner Mascara, so eben, dass man denken könnte, sie sehe vollkommen natürlich aus, was nur Männer denken würden. Frauen würden sehen, dass sie geschminkt war. Es hatte Reaktionen ausgelöst, die sie mehr als unangenehm fand. Jeder sagte: Du siehst so anders aus. Handke fragte, ob sie krank sei, Halber, ob sie geweint habe. Die Schaaf starrte sie einfach nur an, und zwar nicht auf die Art, wie man gern angestarrt wird. Nur der schwitzende Mann von der Poststelle, der sich im Fahrstuhl immer ganz dicht neben sie stellt und sie dann angafft, hat sie weiter behandelt wie sonst auch.

Ich möchte, dass alles in Weiß dekoriert wird. Ich möchte weiße Blumen, ausschließlich weiße Blumen.

Musik wäre auch schön, vielleicht ein Sopran. Vielleicht könnte ein Bild von mir in der Kirche und am Grab stehen, in dem Umschlag mit dem Testament steckt eins.

Sie öffnet die Schublade und fasst rein, um zu fühlen, ob der Umschlag noch da ist.

Liebe Mama,
ich weiß, dass dir das alles ziemlich schwerfallen wird und dass du auch nicht verstehen kannst, warum ich das alles von dir will.
Überleg dir einfach, was die Leute über mich sagen würden, wenn sie wüssten, wie ich gestorben bin.
Deine Lena

Die Hand tut etwas weh vom Schreiben.

Er ruft sie. Er hat schon vorher immer wieder nach ihr gerufen, doch sie hat es ignoriert. Sie steht auf, sie steckt den Brief in einen Umschlag, sie schreibt die Handynummer ihrer Mutter darauf, sie geht in den Flur, sie steckt den Umschlag in ihre Jackentasche, sie kommt sich plötzlich dumm vor, sie wird ja nicht sterben, sie wird leben, sogar noch schöner sein, es wird ein guter Tag morgen, ein Neuanfang. Sie könnte den Brief zerreißen, jetzt gleich, aber sie tut es nicht. Denn: Man weiß nie.

Von draußen kommt mit dem Regen der erste Hauch des Herbstes.

Er liegt nackt auf dem Bett, das Fenster weit offen. Als wären sie auf einem Affenfelsen und er der Pavian. Schau her, ich kann mich fortpflanzen, schau her, ich kann das in dich reinstecken. Willst du nicht auch? Er fragt: »Glaubst du, du möchtest dich hinlegen?«

»Kann schon sein.«

»Versuch's mal«, sagt er.

Sie geht ins Bad, um sich umzuziehen, aber sie lässt die Tür einen Spaltbreit offen. »Weißt du«, hört sie ihn sagen, »ich kann die Reise auch wirklich absagen, wenn du mich morgen brauchst.«

»Ich weiß, aber das ist echt nicht nötig.«

»Ja, nötig ist es vielleicht nicht, aber das ist doch auch Scheiße, danach dann mit dem Taxi nach Hause und so. Man ist doch auch wahrscheinlich megaschwach nach so einer Darmspiegelung. Willst du nicht wenigstens deine Mutter mitnehmen?«

»Die kann ich immer noch anrufen, wenn ich mich schlecht fühle.«

Sie legt die flachen Hände auf die Ohren, als wollte sie Edvard Munchs *Der Schrei* nachstellen, und zieht die Haut sachte an den Ohren nach hinten. So könnte es aussehen.

»Weißt du, es ist wirklich nur ein Routineeingriff, das hat der Arzt ja auch gesagt, und die Ergebnisse kommen eh erst nächste Woche, wenn du schon längst wieder da bist. Also erfahr ich jetzt auch nicht, ob ich was Ernstes habe.«

»Du hast nicht Ernstes.«

»Das sagen immer alle, bevor sie dann was Ernstes haben.«

Sie klettert über ihn und dreht sich um.

Schon komisch, dass er niemals gemerkt hat, dass sie all das Geld und all die Zeit investiert, um auszusehen, wie sie aussieht. Dass er einfach so denkt, dass sie gute Gene hat. Dass alle das denken.

Sie hat keine guten Gene. Sie hat Disziplin.

Er greift nach ihr, sie stellt sich schlafend. Im Halbdunkel starrt sie die Raufasertapete an. Während der Regen draußen lauter wird, sucht sie in den Schatten der Tapete nach dem Elefanten mit den drei Beinen und der weinenden Frau, deren Träne eine kleine Farbnase ist. Statt der Schritte zählt sie ihren Herzschlag.

Volker Ahmeling. Sekretariatsleiter Vorstand

Es fängt mit der Waffe an. Präzisionsgewehr, mit einem Zielfernrohr.

Abknallen.

Aus großer Entfernung. Hohe Durchschusskraft, der halbe Kopf weggeplatzt, atomisiert. Mit einem Revolver aus der Nähe erschießen. Am besten mit einem Schalldämpfer. Es macht dann nur ›pfff‹, das weiß er aus dem Fernsehen. Der Schuss erregt keine Aufmerksamkeit, macht wenig Dreck und keinen Lärm.

Auflauern, irgendwo. Im Park oder vor der Wohnung, nachts, mitten auf der Straße, zwischen parkenden Autos. Die Walther P88 auf seinen Hinterkopf richten. Freundlich und unaufgeregt. Höchste Sachlichkeit. Einfach fragen: »Sind Sie es, Handke?« Nein, stopp. »Sind Sie es, Handke?« klingt falsch. Was soll diese freundliche Frage, zumal er Handke ja auch kennt, verdammt, er arbeitet in derselben Abteilung wie Handke. Einfach sagen: »Handke!« Kurz warten, bis er sich umdreht. Lächeln. Dann abdrücken. Ein leises »Aaah« kommt aus seinem Mund, der letzte Ton.

Aber an eine Waffe ist nicht zu kommen. Die Walther P88 kennt er nur aus Filmen. Sicherlich gäbe es im Internet Möglichkeiten. Im Internet gibt es ja alles. Aber er ist versiert genug zu wissen, dass er dort Spuren hinterlassen würde. Man wird ihn fassen, vermutlich noch ehe er die Waffe durch den Hermes Versand zugestellt bekommt oder wie immer Waffen heutzutage verschickt werden. Die Waffe ist keine gute Idee, aber eine schöne. Ihn töten, ja. Gern. Dafür ins Gefängnis gehen – nein. Das nicht.

Noch besser ist ein Messer. Immer nachts denkt er ans Messer. Nicht, wenn er nicht einschlafen kann. Erst später, wenn er wieder aufwacht. Dann kommt das Messer zum Einsatz. Das große Küchenmesser, mit dem er so viele Kalbsschultern zerlegt hat, so viel Rindersteak, Hühnchen und Schwein. Wenn er die Augen schließt, sieht er das Messer. Wenn er dann aus dem Schlaf schreckt, unendlich müde, hat er das Messer immer schon in der Hand, schwer und frisch geschliffen. Er sieht die Spuren des Schleifsteins an der Klinge. Ein schärferes Messer gibt es in der Welt nicht. Eine Sekunde später ist es immer, als hätte er nie geschlafen, so wach sieht er ihn vor sich mit seinen vollen braunen Haaren. Mit seinen weißen Zähnen. Mit seinem Siegerlächeln. Dieb. Feind.

Dieser Moment des Erschreckens in seinen Augen.

Dieser Moment des Erkennens der eigenen Schuld.

Es ist so, nachts, dass Andy Handke zu ihm und zu seinem Messer zu sagen scheint: Ja, tu es. Ich will es. Es ist der einzige Weg. Es ist Gerechtigkeit. Tu es. Und er tat es. Nacht für Nacht. Nicht in die Rippen, so dumm sind nur Anfänger. Von unten sticht er das Messer nach oben hinein in den Brustkorb. Und er hört es durch das Fleisch gleiten, immer wieder. Er hört, wie es durch den Magen schneidet, durch die Lunge, kontrolliert, und dann ins Herz hinein, das sich schlagend an der scharfen Klinge selbst in zwei glatte Hälften zerteilt. Er fühlt keine Angst, keinen Ekel.

Und Handkes warmes Blut riecht nach Eisen.

Wenn er ihn erstochen hat, kann er wieder schlafen, vielleicht eine Stunde, vielleicht zwei. Er schaut nicht auf die Uhr, aber immer wenn er aufwacht, ist es noch dunkel.

Die Zeit ab jetzt ist immer die schlimmste. Wieder einschlafen kann er nicht. Er weiß es, und er braucht es gar nicht erst zu versuchen. Er könnte trinken. Er hat es ein paarmal versucht. Aber er ist kein Trinker. Das Einzige, was passierte, war, dass zur Traurigkeit die Kopfschmerzen kamen. Er könnte essen, aber er hat keinen Hunger. Er könnte aufstehen. Aber er kann nicht. Er kann nur liegen und lieben und sich sehnen und hassen.

Es liegt an ihm selbst. Soll er mit dem Nachtbus zu ihm fahren, an seiner Tür klingeln und ihn mit einem mitgebrachten Messer erstechen? Was ihm in der Nacht noch stets plausibel erscheint, ist im Morgengrauen lächerlich. Sobald der Wecker klingelt, ist der Traum vom Messer ausgeträumt. Er war noch nie der Kräftigste, er hat seit der Schulzeit keinen Sport mehr gemacht, er ekelt sich vor Blut. Das fällt ihm ein, sobald er sich morgens im Badezimmerspiegel sieht. Jeden Morgen.

Im Wachen weiß er, dass er Menschen entweder mag oder vor ihnen Angst hat. Im Halbwachen kann er töten, im Wachen niemals.

In der Nacht denkt er mitunter sehr ernsthaft über einen Auftragsmörder nach. Es gibt sie doch. Man liest es. Zwanzigtausend. Man sieht es im Fernsehen. Das sind keine Romanerfindungen. Ein Auftragsmörder – das Nachdenken über ihn ist eine schöne Übung am Tag. Er kann im Büro sitzen und Buchstaben aufschreiben und Frau Schaafs Post sortieren, darauf achten, dass er nicht im Flur aus Versehen in Handke läuft, und sich zugleich klarmachen, wie viel Geld ihm das Leben, besser gesagt der Tod, wert ist.

Er könnte zwanzigtausend Euro auftreiben. Die ersten zehntausend liegen auf dem Festgeldkonto. Möglich wären ferner ein Darlehen bei seiner Mutter und eins bei seiner Schwester. Er könnte ihnen erzählen, dass er nach Bali will, weil er Abstand sucht, vergessen will. Sie würden denken, dass er sein Tief endlich hinter sich hat.

Macht zwanzigtausend Euro. Ein Ukrainer würde es dafür tun.

Der Auftragsmörder beschäftigt ihn schon lange. Er hat eine klare, wenn auch klischeehafte Vorstellung davon, wie ein Auftragsmörder aussieht. Er trägt natürlich keinen Anzug, wie im Film, sondern einen schwarzen Lederblouson mit Strickbündchen. Er hat kurze Haare, eine schiefe Nase, und er spricht nur sehr wenig Deutsch. Er spricht auch kein Englisch, eigentlich ein Unding für einen international begehrten Auftragsmörder. Er hat eine Vergangenheit, die ihm ins Gesicht geschrieben steht. Sein Mund, seine Augen sind kalt und roh. Sein Kinn ist gefährlich wie ein Faustkeil. Der Mann ist roh. So roh, wie man nur sein kann, wenn man schon in ein rohes Leben hineingeboren wurde. Und würde ihn jemals jemand ausziehen, was natürlich nicht vorkam, denn der Mann hatte jede Zärtlichkeit aus seinem Leben verbannt, aber würde er sich jemals vor jemandem ausziehen, vor einer Nutte, vor einem Tier oder vor einer Frau, die sein Opfer werden würde, dann würde derjenige die Narben sehen.

Die Sache mit der Sprache ist ein Problem. Sie ist das Hauptproblem bei der Planung des Auftragsmordes. Es ist so gut wie unmöglich, dem Auftragsmörder klarzumachen, wen er töten soll, wo er sein Opfer treffen kann und wann. Man braucht einen Übersetzer. Ein Übersetzer ist aber ein Mitwisser. Man wäre ein Leben lang erpressbar – müsste am Ende noch die Ermordung des Übersetzers organisieren, wenn dieser immer mehr Geld zu fordern begänne. Der Auftragsmörder scheidet darum aus, immer wieder.

Gift erscheint ihm verlockend. Es heißt ja immer, dass Frauen mit Gift morden. Warum Frauen? Ist er eine Frau? Nein, er ist nur klug.

Gift ist sauber und – verglichen mit den anderen Ideen – simpel. Keine großen Umstände würde es machen. Einfach Rattengift. Das gibt es in jedem gut sortierten Drogeriemarkt. Rattengift ist Arsen. Wie man daran zugrunde geht, hat er gelesen, bei Flaubert, Madame Bovary. Es ist kein schöner Tod und kein schneller – es ist genau der richtige Tod. Wenn Handke dann langsam verreckt, unter Krämpfen und unendlichen Schmerzen, ist nur wichtig, dass der Tod schneller da ist als der Rettungswagen.

Wenn er lange wach liegt, müde bis weit über die Schmerzgrenze und aufgelöst vom Weinen und porös vor Trauer, dann wird er zum Giftmörder. Er könnte es leicht im Büro tun, sie sind schließlich Kollegen, aber es zieht ihn immer zu Handke nach Hause. Ein offener Tetrapak, naturtrüber Apfelsaft. Das Pulver hineinstreuen, eine ganze Packung, genug für hundert Ratten. Dann verschwinden, wegschleichen, in sein Bett. Warten. So wie jetzt, nur ohne diese Unruhe, denn er wüsste ja, was passieren würde. Er würde nicht auf den Tag warten, wie gerade jetzt, sondern warten, bis das Telefon klingelt, um ihn zu informieren: »Handke ist tot«.

Schnitt. Unsinn.

Niemand würde ihn anrufen. Keiner weiß, dass er irgendwas mit Handke zu tun hat. Handkes Frau würde doch nicht sagen: Oh, mein Mann ist tot, komm wir rufen Volker Ahmeling an. Seine Frau hat noch nie was von einem Volker Ahmeling gehört. Und außerdem: Wie soll er eigentlich in die Wohnung kommen? Wie soll er unbemerkt den Weg zur Küche, zum Kühlschrank finden? Und was, wenn kein naturtrüber Apfelsaft im Kühlschrank steht? Und dieser Apfelsaft, der vielleicht tatsächlich im Kühlschrank steht, in Handkes Küche, in seiner Wohnung, in die er irgendwie reinkommt (vielleicht mit einer Kreditkarte, einem Dietrich, einem Schlüsselduplikat), dieser Apfelsaft, naturtrüb, im Tetrapak, angebrochen, dieser Apfelsaft, in den er das weiße Pulver streuen kann, tödlich nach einem Schluck, dieser beschissene vergiftete Apfelsaft versaut ihm schließlich jedes Mal den ganzen Rest der Nacht. Denn wann immer er es geschafft hat, den Giftmord perfekt vorzubereiten, passiert es: Sie kommt. Sie tritt mitten in den Scheinwerfer, mitten vor die Kamera, obwohl sie gar keine Rolle in diesem Drehbuch hat. Sie platzt in die Szene hinein, jedes Mal. Sie ist nicht zu stoppen. Sie tritt an den Kühlschrank, durstig. Sie sucht in der Kühlschranktür nach einem Kaltgetränk. Nach genau diesem Apfelsaft. Ihr Durst ist so heftig, dass sie aufs Glas verzichtet. Sie stürzt den vergifteten Apfelsaft in sich hinein, und als sie aufhört zu trinken, beginnt ihr Todeskampf – vor seiner Kamera. Es ist entsetzlich, und es spielt auch keine Rolle, dass auch diese Szene schon wieder einen Fehler hat, denn sie wohnt ja gar nicht bei Handke, Handke wohnt bei seiner Frau, nicht bei seiner Geliebten. Er kriegt die Bilder nicht aus dem Kopf, tagelang. Seine Madame Bovary. Sie stirbt vor seinen Augen.

Heute auf dem Fahrrad kam ihm die Idee, auf dem Heimweg nach acht Stunden im selben Haus mit ihm.

Er überlegte auf dem Fahrrad, auf dem Weg nach Hause – und dann plötzlich: Bremsschläuche! Die Idee fühlte sich an wie Adrenalin. Acht Stunden im Büro steckten ihm in den Knochen. Die Idee machte ihn wie neu. Wegen dieser Idee bekam er plötzlich starke Oberschenkel. Er trat in die Pedale, denn er war sich sicher – die Bremsschläuche waren die Lösung. Im Büro hatte er noch an den alten Plänen festgehangen. Walther P88, von vorn, von hinten, in die Schläfe, ins Auge, in den Rücken. Er hatte außerdem besonders lange und intensiv über die Verstümmelung von Handkes Männlichkeit nachgedacht, Penis wegballern und so, aber auf dem Rad kam ihm eine bessere Idee: Er würde die Bremsschläuche durchschneiden. Handke würde in seinem Angeberauto auf Angeberdienstreise gehen, immer auf der Überholspur. Er würde Gas geben, so lange, bis er irgendwann bremsen musste. Dann würde er sterben. Vollgas gegen einen Brückenpfeiler. Stahlbeton, tja, Pech. Nichts würde von ihm übrig bleiben. Er würde mit seinem Airbag, seinem Lenkrad, seinem Motor und seiner Stoßstange eins werden, verschmelzen – zu nichts.

Zu Hause schließt er dann sein Fahrrad mit dem Zahlenschloss an der Laterne vor seiner Haustür an und steckt den Fahrradhelm zu seiner leeren Brotbox in den Beutel. Auf der dritten Etage spürt er es: Die Kraft verlässt ihn. Die Fragen kommen wieder. Wo sind eigentlich die Bremsschläuche? Kommt man, ohne die Motorhaube zu öffnen, da überhaupt dran? Ist Bremsflüssigkeit ätzend, würde sie ihm übers Gesicht laufen, ihn entstellen, wie den Ukrainer? Das Adrenalin verflüchtigt sich. Und als er, nach Stunden, Wochen, Jahrhunderten, oben angekommen ist, da ist die ganze Kraft weg. Vollständig weg.

Er schließt die Tür hinter sich zu, lehnt sich an die alpinaweiße Flurwand und wählt ihre Nummer. Wie immer meldet sich der Anrufbeantworter. Er denkt: Handke wird seine Frau nie für sie verlassen. Das ist das Schlimmste: Sie ist lieber Handkes Affäre als seine Frau.

Ohne es wirklich zu wollen, sagte er: »Hallo ich bin's, ich hab nur an dich gedacht und wollte ...« Ein Klicken in der Leitung. Dann sagt sie »Hallo«, und er legt auf.

Ida Scheurer, Assistentin Marketing, und Marie Schlegl, externer Consultant

Ich sag dir was
Bist du da?

ja?
jetzt
bin ich da

Ah, gut
Ich hab eine Idee
Ich glaube, eine gute
Willst du wissen?

ja

Also
Wir kündigen

Schon wieder?

Und machen uns selbstständig!
Wir kaufen einen Bauernhof in Brandenburg. Und dann kaufen wir Schweine. Jedes Schwein bekommt eine eigene

Box, und in jeder Box ist eine Webcam.
So weit klar?

ja
und weiter?

Also
Jetzt kommt der Kunde ins Spiel. Er kann einfach ein Ferkel kaufen, und wenn er es gekauft hat, kann man es über die Webcam dauernd beobachten.
Der Besitzer entscheidet selbst, was das Schwein zu essen bekommt, und wenn es krank ist, kontaktieren wir ihn und fragen ihn, wie das Schwein behandelt werden soll.
Antibiotika oder Globuli oder was auch immer.
Und dann:
Kann man natürlich Extrabehandlungen buchen.
Massagen. zb

ja

Wie ja? Heißt das jetzt, ja, du findest es gut? Oder jaja, du spinnst?

ja heißt einfach nur ja
erzähl weiter

Pass auf, jetzt kommt das Beste:
Es gibt auch einen Schweinepsychologen, den kann man gut an die Medien verkaufen, den kann dann jeder interviewen, und der sagt dann so was wie Schweine sind die

besseren Menschen oder so.
Wie findest du die Idee?

gut, im prinzip, aber ich glaube
das gibt's bestimmt schon

Nein! Das gibt's nicht!!!
Und das Beste weißt du noch nicht!

ja?

Wir nennen es:
Pig Brother!
:–)
Genial, oder?

haha
ja
und was sagen wir im büro?

Hey alle!
Wir machen jetzt in Schweinezucht!

Goodbye, ihr schweine!

Haha.
Genau!

kennst du dich aus mit schweinen?

Natürlich nicht!
Dafür stellen wir jemanden ein.
Einen Schweinezüchter.
Wir inserieren in »Schwein und Hund« oder so
Und wir machen den Rest.
Warte kurz, das Telefon klingelt.

ok. mach aber schnell, ich muss die kinder ins bett bringen

Bin wieder da
War meine Mutter.
Also.
Wo war ich?
Schweine.

haha
ach du
weißt du eigentlich, wie schweine stinken?
ich war mal im urlaub in der Pfalz
was immer ich mir dabei gedacht habe
und das hotel war direkt neben einem schweinestall
es war ekelhaft
andere frage
was passiert dann mit den Schweinen?

Stinken ist egal!
Landluft nennt man das! Also, die Schweine werden dann natürlich irgendwann geschlachtet, und der Besitzer bekommt alle Teile des Schweins, tiefgefroren.
Das gläserne Schwein!

Ist super für so Großstadtökos und so.
So wie du.
Hehe.

ja

Jedenfalls können die dann entscheiden, was sie wie wollen.
Ob sie Wurst wollen oder das ganze Ding geschlachtet

es gibt nur ein problem

Ja?

großstadtökos wie ich werden das schwein nicht essen,
nachdem sie es so lang gesehen haben
sie werden das schwein lieben
es wird einen namen haben
miss piggy
schweinzilla
fred
babe (hast du das gesehen? schweinchen babe?)
egal
sie werden es nicht schlachten lassen können
wie lang lebt so ein schwein
vor der schlachtung?
schon jahre, oder?

Hm.
Stimmt.

Ok, dann suchen wir vielleicht eher andere Kunden.
Restaurants zb.
Ich kann dir noch nichts Genaues dazu sagen, aber bald wirst du froh sein, dass ich eine Idee habe, was wir machen können.
Egal.
Vergiss es.
Die Restaurants sagen den Kunden dann jedenfalls: Wir haben Schweine, die nur mit Bier und Äpfeln gefüttert wurden.
Oder Antibiotika-freie Schweine.

moment
was kannst du mir nicht sagen?
und wie meinst du: froh?

Ich sag's dir morgen, ja?

morgen morgen morgen
sag's doch jetzt

Morgen!
Versprochen!

ok
und auch:
du übernimmst die schweine
und ich den rest
ich hasse schweine

Was du willst!
Übrigens: Jeder hasst Schweine
außer Schweinen
Schweine hassen sicher nur manche Schweine
Außer Schweinchen Babe natürlich
(egal)

wir sprechen morgen weiter drüber? Ich muss noch den text fertig schreiben

Welchen Text?
Und auch: Schau mal kurz raus: Sieht es nicht so aus, als stünde der Himmel in Flammen?

krass, stimmt
dieses idiotische strategiedings für handke muss ich machen
sieht super aus, der himmel
aber irgendwie auch bedrohlich
egal
bis morgen!

Bis morgen.
Und wir machen's wirklich, ja?

klar
bis morgen

Andy Handke,
Leiter Marketing

Drei Stunden vor seinem eigentlichen Feierabend, um drei Uhr nachmittags, der Faltenrock hat ihm soeben Kaffee gebracht, verschlechtert sich Andy Handkes Stimmung. Jetzt schließt sich die Tür hinter der Lenkewitz, und Andy schaut ihr nach wie früher seiner Mutter, wenn sie ihn als Kind mit Halsweh und Tee im Bett allein gelassen hat, um arbeiten zu gehen.

Die Klimaanlage surrt. Sie arbeitet gegen dreißig Grad Außentemperatur an. Sie kämpft genauso hart wie er.

Andy spürt, dass sein Tag gelaufen ist. Er denkt an heute Morgen, an diesen gelungenen Morgen. Er schafft es, die Bilder zurückzurufen, aber nicht die Stimmung.

Er hat brilliert. Er hat es geschafft, dass sie lachen, alle. Neunzehn Mal Lachen insgesamt, und zwölf Mal hat auch Meyer mitgelacht oder wenigstens gelächelt, und am Ende – da hat der Chef genickt. Rechtzeitig bevor der Schweiß durch seinen Anzug sickerte, hat Andy aufgehört zu reden. Den letzten Satz hat er genauso gesagt, wie er es geplant hatte: »Die Vergangenheit unseres Unternehmens ist grau.« Das war der Satz, zu dem Meyer genickt hat. Der Satz war ein Schlussstrich.

Es ist sein Auftrag, einen Neuanfang zu designen. Wobei Neuanfang nicht heißt, dass sich etwas ändert. Sie wollen alle weitermachen wie seit hundert Jahren. Es geht allein ums Image. Und Andy muss erklären, warum man Traditionen verschrottet. Grau. Weg damit. Ein gutes Bild.

Die Vergangenheit ist grau.

Ein guter Satz.

Ein dämlicher Satz. Das denkt Andy jetzt, und zur Traurigkeit kommt nun noch Angst dazu, Angst vor morgen. Morgen geht die Sitzung weiter. Morgen muss das Logo präsentiert werden, von ihm, der keine Ahnung und keinen Plan hat, sondern jetzt, um fünf nach drei, nur Angst.

Dieser Tag ist gelaufen für ihn. Andy steht auf. Er spürt seinen Magen. Er ist leer und zieht ihn trotzdem schwer zu Boden. Das Gewicht seiner Körpermitte steht in merkwürdigem Kontrast zu seinem Kopf, der sich so leicht anfühlt wie ein Ballon – und ebenso hohl. Er weiß nur eins: Er kann nicht mehr.

Den letzten Funken Energie muss er für die Rettung des nächsten Tages einsetzen. Er muss jetzt einkaufen. Ein Abendessen, das ist das Einzige, das ihm noch helfen kann. Er zieht das noch immer feuchte Jackett aus, hängt es über den Sessel und geht. Es ist zehn nach drei, und Andy Handke macht Feierabend, und weil er noch nachdenken muss, nimmt er aus dem elften Stock nicht den Fahrstuhl, sondern die Treppe.

Caprese, Lasagne, Erdbeeren. Und unbedingt Gin Tonic. Maria mag Alkohol, und sie verträgt viel.

Es gibt Männer, die bleiben wegen des Geldes mit ihrer Frau zusammen. Oder wegen der Kinder. Oder einfach so. Er bleibt bei seiner Frau, weil sie, ohne es zu wissen, seine

Existenz rettet, seit ihn die Ideen verlassen haben. Die Ideen haben ihn schon vor vielen Jahren verlassen. Zuerst dachte er: Die kommen schon wieder, er dachte, dass er nur ein bisschen warten muss, er sagte sich, die Ideen sind nicht weg, sie machen nur Urlaub, aber die Ideen waren nie zurückgekehrt.

Und weil er eine Idee für morgen braucht, wird er heute für sie kochen. Wenn er die Idee erst mal eingefangen hat, wird es leicht sein, sie in eine Rede zu packen. So leicht wie heute Morgen.

Heute Morgen nach der Sitzung ist Andy für ein paar Stunden glücklich gewesen. Marias Beitrag war zu seinem Eigentum geworden. Er ist so gut gewesen. Er ganz allein. Er war ein glücklicher Mann, drei Stunden lang.

Dabei war es bis zuletzt offen, ob er mit Marias Satz gewinnen oder verlieren würde. Darum hat er auch so sehr geschwitzt. Andy war geübt und erfahren genug, um zu wissen, dass es nicht auf den Satz ankam, nicht nur auf die Idee, sondern auch darauf, das alles gut zu präsentieren.

»Die Vergangenheit unseres Unternehmens ist grau.« Die Farbe Grau, diese Metapher des Verbrauchten und außerdem die Logofarbe der Firma. Ist es nicht unfassbar banal, und hätte er nicht wirklich allein drauf kommen können?

Er ist nicht allein drauf gekommen.

Am Supermarkt angekommen, holt Andy einen Einkaufswagen. Der Parkplatz ist halb leer, die Box mit den Wagen halb voll. Es ist eine gute Zeit zum Einkaufen, es gibt keine Schlange an der Kasse. Und jetzt fällt Andy auf, wie falsch es ist, was er hier tut. Er schiebt sein Wägelchen durch Regale voller Lebensmittel. Außer ihm sind Rentnerinnen, Mütter mit sehr kleinen Kindern und Hausfrauen da. Es ist die Einkaufsstunde der Loser, denkt er und findet, dass das ein guter Satz ist. Gut, leider unbrauchbar.

Andy denkt an gestern.

An das Viereck, Marias Tagwerk, einen Meter mal einen Meter, Acryl. Ein graues Viereck. Den ganzen Tag hat sie daran gesessen. Maria unterrichtet Kunst an der Grundschule, und nach Schulschluss produziert sie monochrome Bilder und hängt damit die Wände voll.

»Schön«, hat er gesagt, und weil es ihm nicht schwerfiel, hat er seine Stimme überrascht und warm klingen lassen. Das Viereck, ein Kürbissüppchen mit Hanfnüssen, ein Gratin von verschiedenen Gemüsen, Crêpes Suzette und Gin Tonic.

Es war ein langer Abend mit seiner Frau gewesen. Eine Stunde lang die Malerei der Renaissance. Wiedergeburt – ein gutes Wort, aber er kriegte es nicht hin, was draus zu machen. Eine Stunde lang ihre alte, kranke Mutter. Unser Unternehmen ist eine alte, kranke Frau ... Das könnte gehen. Dann fiel ihm ein, dass Alte und Kranke nur noch zum Sterben da sind. Um Gottes willen, Finger weg davon. Eine Stunde lang die neuen Pinsel – neue Pinsel kehren gut? Neue Farbe von alten Pinseln?

Anpinseln?

Umpinseln?

Nein, das versteht der Kunde nicht. Der Abend nahm kein Ende. Maria, seine Einfühlsame, vegetarisch Lebende, seine Muse redete und redete.

Und dann stand sie plötzlich auf.

Es war klar, dass Maria ins Bett wollte. Als er sie gehen sah, spürte Andy, dass er kurz davor war, einen Nervenzusammenbruch zu erleiden.

Doch Maria ging nicht zur Treppe nach oben ins Schlafzimmer, sondern nach links, in ihr Atelier. Sie wollte ihm sein Bild zeigen, ihr Tagwerk. Sie schaute ihr Viereck an und lächelte. Maria hat wirklich wenig Talent zum Malen, dachte Andy, aber ich habe Talent zum Lügen. Darum blieb er neben ihr stehen und lächelte ihr Viereck ebenfalls an. Er fragte: »Ein Ozean?« Sie antwortete nicht. Sie nahm ihre Pinsel in die Hand, rollte sie zwischen ihren Händen und betrachtete das monochrome Verbrechen. Und er fragte sich mal wieder, warum sie so viele Pinsel brauchte für diese Bilder, auf denen es so wenig zu sehen gab. Dann antwortete Maria: »Das ist nicht der Ozean. Das ist die Vergangenheit. Die Vergangenheit ist grau.«

Er verließ den Raum wie ein Räuber mit seiner Beute. Er legte sich ins Bett und schlief sofort ein.

Das war gestern.

Heute: Tomaten und Käse. Was findet sie nur an Mozzarella?, fragt sich Andy, aber er sucht natürlich keine Antwort. Basilikum. An der Fleischtheke schleicht er, plötzlich hungrig, vorbei. Nein, für ihre Lasagne kein Hackfleisch. Würde er Fleischlasagne machen, dann wäre der ganze Abend gelaufen. Maria würde wahrscheinlich weinen. Warum, warum nur, Andy, kannst du mich als Person nicht respektieren? Und sie würde wieder die alten Geschichten rauskramen. Dass er damals nicht zu ihrer Vernissage in der Sparkasse gekommen ist, zum Beispiel.

Andy stellt sich vor, dass er nach dem Einkauf und vor

dem Abendessen bei McDonald's vorbeifährt, auf einen Cheeseburger. Er weiß, dass er es nicht tun wird. Er kauft Dinkelschrot und Eier und eine Zwiebel und einen Strauß Kräuter. Als Nachtisch Erdbeeren und Schlagsahne – das sind die einzigen Dinge, die er gern in seinen Wagen legt. In der Spirituosenabteilung lässt er sich von der Supermarktfrau die Vitrine mit dem teuersten Gin aufschließen. Und seine Stimmung hellt sich beim Anblick der Flaschen und der Früchte auf, und er weiß: Es wird ein harter Abend.

Aber es wird gelingen.

Sie wird, auch wenn es Stunden dauert, genau das sagen, was er braucht, und Andy denkt: Ich hab vielleicht eine Nervensäge von einer Muse, aber immerhin hab ich eine.

Zu Hause ist niemand. Nicht im Atelier, nicht im Bad, nicht im Wohnzimmer, nicht im Schlafzimmer. Er greift nach seinem Handy, da sieht er Marias SMS.

Ich bin zu meiner Mutter gezogen.

Hühnchen steht im Backofen.

Marion Halber, Leiterin Controlling

Ich habe eine Viertelstunde, um was aus meinem Gesicht zu machen. Emanzipierter wäre es natürlich, alles Künstliche einfach wegzulassen.

Das Auge ist gegen mich. Verschmiert. Scheiße.

Hast du Scheiße gesagt, Mama?
Nein, hab ich nicht.
Wie lange bleibst du weg?
Wir haben das schon besprochen.
Hab ich vergessen.
Bis zehn.
Worüber redet ihr?
Darüber, was dieses Schuljahr passiert.
Kannst du nicht hierbleiben?
Nein.
Warum nicht?
Weil die Elternvertreter gewählt werden.
Willst du Elternvertreter werden?
Ja, will ich.
Was ist das?

Das Kind fragt zu viel. Kühlschrank. Lasagne. Das Kind kann schon den Ofen bedienen. Das Kind kann schon allein bleiben.

Wenn du willst, kannst du heute mit Licht schlafen.
Mama, kommst du wieder?
Ja natürlich.

Warum weint er denn jetzt?

In drei Stunden bin ich zurück.
Du bist zu groß für einen Babysitter.

Sogar sein Rücken sieht ängstlich aus.

Klassenräume sind wunderbar. Leere Klassenräume. Ich bin die Erste. Der Schwamm riecht gut. An der Tafel steht: »Anton has a dog«, in Lehrerschrift und in Kinderschrift: »What does Anton have? A Dog«. Ich wische die Tafel. Ich weiß nicht, warum. Warum auch nicht?

Er heißt Benz. Wir könnten eine Tochter haben, wir nennen sie Mercedes.

Hihi.

Ich muss noch mal kurz.

Das Schulklo stinkt nach Schulklo. Das werde ich nachher ansprechen.

Ach, Sie sind der Vater von Josefine.

Und, hat sie sich gut eingelebt?

Mein Sohn heißt Niklas.

Seine Zähne sehen nach Geld aus. Niklas sagt, dass Josefine ihn kneift, ich glaube aber nicht, dass das stimmt, und wenn doch, dann soll er sich wehren, er ist doch ein Junge, noch ein kleiner zwar, aber dennoch ein Junge.

Wie er die Hitze aushält, ein Stofftaschentuch in der Hosentasche, für die Stirn, ein T-Shirt unter dem Hemd, wie die Amerikaner.

Ich hätte mich nicht in die erste Reihe setzen sollen.

Liebe Eltern. Herzlich willkommen zum Elternabend. Das ist der erste im neuen Schuljahr. Und wir möchten Sie bitten, sich doch einmal kurz vorzustellen, damit jeder weiß, wer wer ist, auch die Eltern von den neuen Kindern, ja, also?

Vor mir sind noch fünf andere dran, ich hab genug Zeit, meinen kleinen Text zu üben. Nachnamen weglassen. Wir sollten uns alle duzen.

Feste Stimme.

Ich bin Marion, die Mutter von Niklas, seit zehn Jahren nun, und seit acht Jahren arbeite ich Vollzeit als Abteilungsleiterin, ich bin alleinerziehend.
Das können ruhig alle wissen.

Er ist schön. Er kann auch so schön zuhören. Mit offenem Mund. Er könnte mir mit offenem Mund zuhören, wenn ich erzähle.

Ich bin gut rübergekommen.

Eine Kampfkandidatur tue ich mir nicht an. Entweder man wählt mich oder man lässt es.

Ob Niklas die Lasagne gegessen hat?

Lernziele des Schuljahres, Pausenaufsicht, Zwischenmahlzeiten, Zuspätkommen, Klassenfahrt.

Elternvertreter.
Einstimmig.
Tja.

Der Schmidt, die Müller, der Horn, die Peters. Öde. Öder geht's nicht.

Ich nehme einen Salat, und ich frage mich wirklich, warum er nicht mitgekommen ist. Marion Benz. Das klingt schön. Marion Halber-Benz. Marion Benz-Halber.

Hallo Niklas, hier ist Mama.
Hallo Mama.
Wieso bist du noch wach?
Bin ich halt.

Was ist mit dem Kind los?

Ist alles okay?
Ja, alles okay.
Was machst du?
Nichts.

Was für ein Kind will nicht spielen, nicht fernsehen, nicht lesen?

Dann mach nichts mal im Bett weiter, ja? Ich bin in einer Stunde da.
Ja.
Niklas?
Ja?

Tut mir leid, dass es etwas später wird, ich bin noch mit den anderen Eltern in der Pizzeria.

Schon okay.

Liebst du die Mama?

Ja.

Mein kleiner Mann.

Tequila, warum nicht? Ich trinke ja nie, quasi nie, aber wenn nun alle trinken, also dann will ich nicht die Einzige sein, die Nein sagt, das ist ja auch ungastlich.

Kann man ja mal machen.

Nein, ich möchte wirklich keinen Zweiten, danke, ich muss morgen ganz früh im Büro sein, wir haben da so eine ...

Was?

Nein, hast ja recht, man soll nicht immer von der Arbeit reden, aber es ist wirklich ...

Ja, auch wieder wahr.

Tequila.

Ob ich einen Witz kenne? Ich kenn Tausende.

Kommt ein Cowboy zum Friseur. Als er rauskommt: Pony weg.

Lachen die über mich? Peters, die hat so ein Lachen, das keinen weiterbringt.

Tequila.

Ich finde auch die Geschichte über ihren kranken Hund ziemlich gehaltlos, und außerdem klingt sie erfunden und dauert ewig. Ich meine, das Tier ist zweihundert in Menschenjahren gewesen?

Ich hatte einen Vogel.

Piep.

Nein, der hieß einfach so.

Weiß nicht, ich war sehr klein.

Der ist irgendwann gestorben, weiß ich nicht mehr.

Wir haben ihn ganz sicher nicht im Klo runtergespült.

Seid ihr denn alle krank?

Ich habe langsam den Eindruck, dass sich hier niemand ernsthaft unterhalten will.

Was das Kind wohl macht?

Tequila.

Na. Irgendjemand muss es doch tun.

Ich hab mich gemeldet, weil ich glaube, dass das ein wichtiges Amt ist.

Es kann einem ja nicht alles scheißegal sein.
Ich find's ja eher schade, dass sich niemand sonst gemeldet hat.

Die Toilette in dem Restaurant ist schön. Vor dem Spiegel ist ein Stuhl. Auf dem Tisch vor dem Spiegel liegen Tampons in einer Muschelschale, und es gibt ein Deo und Jil Sander Sun.

Tequila.

Nein, Schmidt, ich hab nichts gegen Sie.

Gegen dich, meine ich ja.

Nein, ich will dich nicht küssen.
Schmidt, du hast eine Frau. Ich war mit deiner Frau schon auf Klassenreise, ich hab mir ein Zimmer mit ihr geteilt, deine Frau ist nett, deine Frau trägt Nachthemden, deine Frau knirscht mit den Zähnen, ich weiß alles über sie.

Du bist nicht SO allein, und ich bin AUCH nicht allein. Ich bin gar nicht allein. Ich arbeite, Schmidt, weiß einer von euch, was das heißt? Und wenn ich allein bin, dann, weil ich allein sein will. Und ich kann sehr wohl heimgehen, obwohl es regnet, ich habe einen Schirm im Auto.

Der Stuhl ist weich. Mein Kopf passt in die Kuhle.

Ja?

Niklas, ich hab dir doch gesagt, du sollst dich immer mit Namen melden.

Ja.

Ich ruf jetzt noch mal an, und du meldest dich mit Namen.

Niklas Halber.

Hallo Niklas, hier ist Mama.

Weiß ich.

Hab ich dich geweckt?

Ja.

Tut mir leid, was machst du?

Schlafen.

Mama kommt gleich.

Ja.

Hattest du Angst zu Hause?

Ja, aber dann bin ich eingeschlafen.

Gut, mein Schatz. Geh rüber in mein Bett.

Aber ich lieg schon in meinem Bett.

Geh rüber in MEIN Bett, sag ich, komm gleich.

Da sitzen nur noch Müller und Peters.

Sie küssen sich.

Es war ein Fehler, der Sprecher von diesen Vollidioten zu werden.

Ich fahr jetzt zu meinem Jungen.
Er ist so weich.

Sigmund Kranz, Unternehmensarchiv

Sandfarbenes Haar, vanillefarbene Haut. Er ist durch und durch beige. Als er Kind war, sagte ein anderes Kind über ihn: Er sieht aus wie aus Schmelzkäse. Er ist sehr groß, etwa 1,95 Meter.

Er bietet fast niemandem das Du an, er lässt sich lieber siezen. Bei Starbucks, wo er gern hingeht, fragen sie ihn immer nach dem Namen, sie fragen: »Wie heißt du?«, und es ärgert ihn. Er ist über fünfzig Jahre alt und wird bei Starbucks geduzt und gezwungen, seinen Vornamen zu nennen. Also sagt er: »Hugo«, sie schreiben »Hugo« auf einen Becher, und sie rufen: »Hugo!«, wenn er den Kaffee abholen kann. Einen Sigmund kennen sie nicht.

Der Name war das Werk seiner Mutter gewesen, die es schick gefunden hatte, wenn ein Sohn so heißt wie der Vater. Vielleicht kurz zur Mutter. Ihr Name war Annemarie gewesen, und sie hatte alles gemacht. Das Essen sowieso, aber auch das lästige Tragen vom Herd zum Tisch und wieder zurück und den Abwasch. Sie hatte das ganze Haus nach genauen Regeln geputzt, was ihn stets beruhigt hatte: montags den Flur, der über die Jahre schon ganz stumpf geworden war. Dienstags die Küche, die zumindest jeden Tag kurz gewischt wurde, mittwochs alle Zimmer oben, donnerstags das Wohnzimmer, freitags die Bäder, und am Samstag, wenn alle Nachbarn zu Hause waren und sehen konnten, was für eine gute Hausfrau sie war, hatte sie Unkraut gejätet oder Blätter zusammengefegt, damit der Vater sie am Montag im Vorgarten verbrennen konnte.

Als Kind, er weiß das noch genau, hatte er donnerstags oft mit dem Bauch nach unten auf der Couch gelegen. Mit der Rechten hatte er den Teppich gestreichelt, während seine Mutter den Raum entstaubte, erst mit einem Wedel, dann mit einer Sprühflasche und einem Tuch. Dann hatte sie gesaugt und auf allen vieren den Boden gewischt, vor und zurück, und er hatte sich in dieser Zeit, bei der Betrachtung seiner Mutter, so wohlgefühlt wie später niemals mehr. Sie war in ihrem Leben durch und durch durchschnittlich gewesen. Das mittlere von fünf Kindern, mit vierzehn schwanger, kein Abschluss, keine Interessen, sie starb sogar an der für Frauen durchschnittlichsten Krankheit – Eierstockkrebs. Sie hinterließ einen sauberen Fußboden und Sigmund.

Ihr Sohn, das sagte seine Mutter bis zuletzt, hat studiert. Sie sagte: »Mein Sohn ist einer der wenigen seines Jahrgangs, aus dem was wurde.« Sie fragte ihn oft, was die anderen so machen, und er erzählte von unmotivierten und daher verachtenswerten Weltreisen, von arbeitslosen Akademikern und dann von sich. Wie er in der Firma das Archiv komplett umgekrempelt hatte, denn als er es übernommen hatte, war nicht mal die NS-Zeit der Firma ordentlich aufgearbeitet gewesen, die hatten einfach alles in einen Karton gestopft, was nicht nur dumm ist, sondern auch achtlos. Man muss achtsam und kalt sein, um ein Archiv führen zu können. Man darf keine Gefühle für die Akten entwickeln, man darf nicht nostalgisch werden, sich in alten Daten und Bildern verlieren. Man lebt von der Vergangenheit, aber sie muss einem gleichgültig sein. So hatte er ihr das erklärt, und sie hatte nichts verstanden.

Er ist bereit, jedem, dem er begegnen könnte, einen schönen Feierabend zu wünschen, aber er begegnet niemandem, den er kennt, diese Firma ist zu groß, denkt er. Der Bus ist laut und heiß und voll. Sigmund will noch nicht nach Hause, er fährt in die andere Richtung. Irgendwann wird er sich ein Auto kaufen, denkt er, irgendwann, wenn er das Haus verkauft hat.

Ungefähr zu der Zeit, als er im Archiv begann, die alten Kartons zu sortieren, hatten die Eltern gestritten, und Sigmund hatte gelauscht.

»Er muss lernen, auf seinen eigenen Füßen zu stehen«, sagte der Vater.

»Aber er arbeitet so hart. Er braucht jemanden, der abends für ihn sorgt.«

»Er wird nie jemanden kennenlernen, der für ihn sorgt, wenn er bei seiner Mutter wohnt. Verdammt, er ist fast vierzig.«

»Aber wenn er nicht will, können wir ihn nicht rauswerfen. Ich werde ihn nicht rauswerfen.«

Die Therapie war ein Witz gewesen. Schon beim ersten Händeschütteln machte sich der Therapeut über Sigmunds Namen lustig (»Aber mit Freud sind Sie nicht verwandt?«). Dann ließ er ihn eine Blume malen. »Beschreiben Sie die Blume doch mal«, bat der Therapeut. Er war Mitglied im Bowlingverein SV Bowling 1979, dem Verein, in dem auch

Sigmunds Vater bowlte, und Sigmund sagte: »Das ist eine gelbe Nelke.«

»Was für eine Nelke genau? Ist sie frisch oder alt? Ist es eine Knospe oder eine volle Blüte? Hat sie Stacheln?« Sigmund sagte: »Es ist eine Nelke. Die haben keine Stacheln.« Der Therapeut entschied sich, Sigmund in eine schon existierende Gruppe zu integrieren: 18.30 Uhr, sechs Männer.

Der Therapeut bat immer donnerstags alle, sich auf den eignen Atem zu konzentrieren. Es sagte: Eure Glieder werden warm und schwer. Dann sollte man sich etwas vorstellen, jedes Mal etwas anderes, einen Fluss, einen Baum, einen Berg. Mal sollte das Bild erkunden und in ihm »wandern«. Danach sollte man sein Bild aufmalen, auf dem Boden in der Mitte lagen ein großer Block und ein paar Stifte.

Es war nicht schwer gewesen, zu erraten, was die Bilder bedeuteten. Quelle: der Schoß der Mutter, Haus: das eigene Leben, Berg: die Ansprüche des Vaters. Aber es wurde trotzdem sehr lange über die Bilder gesprochen, und viele weinten dabei. Es wurde nie über die wirklichen Probleme gesprochen – man wusste nicht einmal, was den anderen genau fehlte –, geweint wurde dennoch. Sigmund war der Jüngste, und er weinte nie. Einmal brachte er den Therapeuten aus der Fassung, als er sein Haus in acht Strichen als *Das ist das Haus vom Nikolaus* malte.

Es gab einen Mann, Hugo, Mitte fünfzig, den Sigmund sehr mochte. Hugo schien unter seiner Frau zu leiden, immer wieder kam er beim Beschreiben seiner Bilder auf sie zu sprechen, sie badete in dem von ihm gezeichneten Bach, sie putzte die Fenster in seinem krakeligen Haus, sie bestieg den hingekleckstèn Berg – und jedes einzelne Mal weinte Hugo lange und laut. Sigmund hätte ihn gern gegoogelt, aber man kannte sich in der Gruppe nur mit Vornamen, und irgendwann ging man auseinander, als wäre man nie eine Gruppe gewesen.

Heute geht Sigmund, durch und durch beige, zu Burger King, er kauft einen Whopper und eine kleine Pommes. Er isst nicht mehr zu Hause, seit sie weg ist. Er nimmt die Tüte mit dem Burger und setzt sich auf eine Bank draußen. Vor ihm, auf einer Baumumrandung: zwei Teenager, die sich benehmen, als wollten sie es in einen Naturfilm von Heinz Sielmann schaffen. Ein Junge brüllt dauernd Vorbeilaufende an.

»Halt's Maul!«

»Fick dich doch!«

Ein Affe. Ein Mädchen, vielleicht dreizehn, lehnt neben ihm, sieht ihm zu und lacht.

Sigmund denkt sich den Text dazu, den der Sprecher im Film sagen würde. Das possierliche kleine Affenmännchen versucht mit Drohgebärden ein Weibchen zu beeindrucken.

Der Junge zeigt dem Mädchen ein Video auf seinem Handy, Sigmund versucht sich über den Gesichtsausdruck des Jungen herzuleiten, was für ein Video das sein könnte. Zeigt der Junge, wie er einen anderen fertigmacht? Zeigt er andere beim Sex? Das Mädchen muss sich immer wieder die Augen zuhalten, es scheint also um etwas zu gehen, was man nur schwer ertragen kann, und dann sieht der Junge plötzlich auf, als hätte er was gewittert, und sagt zu Sigmund: »Was glotzt du so?«

Der Junge nimmt die Hand mit dem Handy runter, steht auf und kommt auf ihn zu. Sigmund nimmt seine Tasche und geht. Die Tüte lässt er liegen. Er weiß nicht, ob der Junge ihm nachgeht, weil er sich nicht umdrehen will, er kann nur gehen, schnell gehen, nicht laufen und von Weitem hört er: »Glück gehabt, du Wichser!«

Sigmund umklammert den Griff seiner Aktentasche so fest, dass seine Finger schmerzen.

Es ist ein kleines Ding am Ende der Straße, eines der wenigen mit Fachwerk und eines der wenigen, das seit Jahrzehnten nicht renoviert wurde. Zur Hälfte wird es von Efeu verdeckt, die Rosen vor dem Haus sind verwildert, die Treppe ist moosbedeckt, man könnte leicht ausrutschen, doch Sigmund weiß genau, wohin er treten muss.

Sigmund geht schnurstracks nach oben, er muss nicht zu ihm, er will nicht zu ihm. Der Pflegedienst, ein junger Typ, und eine polnische Dame tun alles, was zu tun ist. Sigmund zieht sich sofort aus, wäscht sich mit einem Waschlappen das Gesicht, die Achseln und die Füße, als wäre er von schwerer Arbeit zurück. Er legt die Wäsche über die Heizung.

Es ist neun Uhr abends, und Sigmund wirft sich aufs Bett, das Bett aus seiner Kindheit, das ihm heute etwas zu klein ist. Seine Füße presst er gegen das Fußteil, und langsam beruhigt er sich.

Er spielt Skat auf dem Laptop. Er lässt den Computer so lange mischen, bis sein Blatt gut ist. Immer wieder.

Möchten Sie, Annemarie, das aktuelle Spiel wirklich unterbrechen?

Ja.

Möchten Sie, Annemarie, die aktuelle Liste wirklich löschen?

Ja.

Vier Buben.

Achtzehn.

Zwanzig.

Zweiundzwanzig.

Er spielt Grand.

Nach vielen gewonnenen Spielen klappt Sigmund den Laptop zu, lässt ihn auf dem Bauch liegen und schaut in Richtung Fenster. Das Efeu versperrt die Sicht, er ist eingesperrt im Grün, er hört Regen auf Blättern und stellt sich vor, wie sich die Tropfen im Wachs auf dem Grün sammeln.

Er denkt an die ganzen Fremden im Anzug, die er heute in der Firma gesehen hat, was machen so viele Fremde da? Die Firma ist groß, aber so groß auch nun wieder nicht.

Doch dann hört Sigmund etwas.

Es klingt so schwach, dass man guten Gewissens sagen kann, dass man es nicht gehört hat: Metall auf Stein. Ein Knall, ein Wimmern. Die Kellertreppe.

Draußen tropft es aufs Efeu, die ganze Welt wird nass.

Er ruft nach ihm.

Er ruft: »Hilfe.«

Sigmund nimmt den Laptop und lässt sich noch mal Karten geben.

Möchten Sie, Annemarie, das aktuelle Spiel wirklich unterbrechen?

Ja.

Möchten Sie, Annemarie, die aktuelle Liste wirklich löschen?

Ja.

Achtzehn.

Zwanzig.

Zweiundzwanzig.

Dreiundzwanzig.

Er spielt Null.

Niemand wird beweisen können, dass Sigmund wach war. Kein Gericht der Welt würde sagen können: Sigmund Kranz spielte Skat, während sein Vater, nach einem Sturz wehrlos, nach ihm rief.

Sigmund lässt sich neue Karten geben.

Er kann ruhig noch ein bisschen warten.

Achtzehn.

Zwanzig.

Herz.

Arne Nuhr, Angestellter Vertrieb, und Helga Nuhr, Frührentnerin

Es ist fast schon dunkel, als sie fragt: »Hab ich gerade jemanden überfahren?«

Hinter ihnen nur Landstraße, langweilige Landstraße, gerade, und links und rechts Bäume und zwischen den Bäumen nur Schatten.

Er sagt: »Nein, hast du nicht.«

»Aber du hast das doch auch gespürt.«

»Das war ein Schlagloch.«

»Bist du sicher?«

»Ja, ganz sicher.«

Der Fahrtwind nimmt ab und an ein Haar mit, um dann von ihm abzulassen.

Sie hält am Straßenrand an. Sie steigt aus und nimmt die Taschenlampe aus dem Kofferraum.

Er kennt sie an diesem Tag seit vierzig Jahren. Damals war sie Schülerin. Sie trug ihr Haar noch kurz und wollte Fotografin werden.

»Du hast wirklich niemanden überfahren«, ruft er ihr nach, doch sie hört ihm nicht zu, sie geht den Weg zurück und leuchtet auf die Straße, und er schreit: »Komm zurück, es wird gleich regnen!«

Er wartet im Auto und denkt: Wie oft noch wird sie mich

fragen, ob sie jemanden überfahren hat, und wie oft noch werde ich ihr sagen, dass sie niemanden überfahren hat, dass da ein Schlagloch war, eine Bodenwelle, ein Stein, ein Stock, eine Flasche, ein Schatten, ein Tier, ein Bier, ein Egalwas, und wie oft noch wird sie trotzdem nachsehen.

Es ist eine dieser Sachen, mit denen sie schon zu ihm gekommen ist. Er sieht den Lichtpunkt im Rückspiegel, er flackert, sie läuft. Sie brüllt auch irgendwas, immer und immer wieder, sie ruft: »Ich hab ein Reh überfahren!«

»Ich hab ein Reh überfahren.«

»Ich hab ein Reh überfahren.«

»Arne, komm her, ich hab ein Reh überfahren!«

Es weht sehr auf dieser Landstraße, ihr Haar weht mit den Bäumen mit, in die Nacht hinein, als wollte es sich mit ihr vermengen, als wollte sie ein Bild von Vermeer werden, *Rothaarige bei Nacht*.

Er geht mit ihr die Fahrbahnmarkierung entlang, immer genau auf der Linie bleibend, sie vorweg, ein Kind, das balanciert, das ein Spiel spielt, aber das war noch nie ein Spiel für sie, er weiß, dass sie Wochentage aufsagt, wann immer sie auf einer Linie geht, für jeden Schritt einen. Oder Monate oder das Alphabet.

Er sieht das Reh von Weitem, es liegt halb im Gebüsch und halb auf der Straße, und er muss an einen dummen Witz denken, den er gemacht hat, bevor man ihn in ein Einzelbüro befördert hat, während alle anderen in einen Großraum ziehen mussten: Ein Flugzeug stürzt ab, genau auf einer Grenze zwischen zwei Ländern. Wo begräbt man die Überlebenden? Die meisten überlegten lang, und er rief dann: »Ha! Nirgends! Überlebende muss man nicht begraben.« Menschen sind schon merkwürdige Wesen.

Gelacht hat meist niemand, aber das machte nichts, reingefallen waren sie darauf, und das zählte.

Sie hat es dorthin gezogen, an den Straßenrand. Das sieht er an der Blutspur. Sie führt von der Mitte der Straße zum Reh. Ein kleiner weißer Fleck auf dem Rücken des Rehs leuchtet besonders schön. Es ist noch ganz jung, vielleicht zwei Jahre, es wurde wahrscheinlich geboren, als sie gerade aufgehört hat zu arbeiten, als sie keine Lust mehr gehabt hat, morgens aufzustehen, und damit begonnen hat, gänzlich im Dunklen zu leben. Sie saß die ganze Nacht mit verwaschenem Blick im Wintergarten, auf dem alten weißen Plastikliegestuhl mit dem Bezug im Muster von Delfter Porzellan.

Vielleicht wurde es auch etwas früher geboren, zu der Zeit, als sie ihm aufgetragen hat, die Dinge wegzuwerfen, die sie von ihren Reisen mitgebracht hatten, den ausgestopften Waran, den sie durch den Zoll geschmuggelt hatte – sie hatten damals gelacht wie zwei Irre, als sie ihn zu Hause ausgepackt hatten –, die vielen schweren Teppiche aus Persien, die Felle aus Namibia, den Buddha, und als er damals fragte, warum das alles wegmüsse, sagte sie, dass das keine echten Erinnerungen seien. Sie sagte, dass sie schon immer dort gesessen habe, auf diesem Stuhl, dass sie auf dem Stuhl geboren wurde, dass sie auf diesem Stuhl sterben werde, und er hatte ihr übers Haar gestrichen, wie immer, wenn er nicht weiterwusste.

»Bist du sicher, dass es tot ist?«, fragt er, sie steht vor dem Reh, der Kegel der Lampe zittert nicht ein bisschen.

»Es lebt.«

»Wie, es lebt?«

»Ich hab den Puls gefühlt, am Hals, bevor ich's von der Straße gezogen habe, es lebt, aber es wird sterben.« Sie spricht nach vorn, und der Wind trägt ihre Worte weg. Das Land jenseits der Bäume ist ganz flach, eine Scheibe.

»Ist das wirklich ein Reh?«

Er fragt es leise, so leise, dass er es fast nur denkt.

Er hält es für möglich, dass es das Reh gar nicht gibt, dass es ein Zeichen ist oder dass sie es sich einbilden. Dass es sich vielleicht gleich in einen Menschen verwandelt, wirklich von ihr überfahren, wirklich tot.

Sie nähert sich dem Tier ganz langsam, ihre weißen Turnschuhe schleichen, sie dreht sich zu ihm um, schon halb in der Hocke, und sie lacht, und dann sagt sie: »Es ist ganz jung, Arne.«

Ihr Vater war Jäger, sie hat es ihm erzählt. Sie hatten nächtelang im Hochsitz gesessen und auf den Tod gewartet. Wenn dann ein Reh kam, hatte er das Gewehr angelegt, und sie hatte ihren Finger auf seinen gelegt, und zusammen hatten sie immer getroffen, so will es die Legende.

Als wolle sie erneut gemalt werden, legt sie sich, gekrümmt wie ein Embryo, an den Rücken des Rehs. Sie liegt halb auf der Straße, halb auf der Wiese, und die weiße Linie teilt ihren Körper. Früher hat sie immer genau in der Ritze der Matratzen liegen wollen, dort, wo keiner liegen will, daran denkt er jetzt. Wo begräbt man die Überlebenden?

Ach Helga.

Als er sie kennengelernt hat, gab es noch kein Internet,

kein Facebook, Dolly war noch nicht geklont, und kein Tsunami hatte zweihundertdreißigtausend Menschen getötet. Es gab noch keine Bundeskanzlerin, noch keinen schwarzen Präsidenten in Amerika, es gab kein wiedervereinigtes Deutschland, und man hatte noch nie von Flugzeugen gehört, die in Hochhäuser fliegen. Der Mann, der heute sein Chef ist, war noch gar nicht geboren worden, und sie hat gesagt: Arne, von mir aus können wir heiraten. Aber ich war schon immer sehr traurig, und ich werde immer sehr traurig bleiben. Ich bin ein trauriger Typ. Wir können in Urlaub fahren, aber ich werde weinen. Erst, weil ich denke, dass ich den Flug nicht überleben werde. Dann, weil ich das Meer so schön finden werde. Dann, weil ich das Meer so traurig finden werde. Dann, weil der Urlaub fast vorbei ist. Dann, weil das Leben so sinnlos ist. Und dann, weil ich wieder denke, dass ich beim Rückflug sterben werde, und irgendwann werde ich all unsere Erinnerungen an die Urlaube wegwerfen wollen, weil ich es nicht mehr ertrage wegzufahren, und es auch nicht mehr ertrage, jemals weggefahren zu sein, und wir nie mehr darüber werden sprechen können.

Er sagte: Okay.

Er wusste damals, dass sie einen Knall hat, aber er dachte, das wird schon.

Sie sagte: Wir werden auch keine Kinder bekommen, denn ich möchte nicht, dass die Kinder sehen, wie ihre Mutter weint, und ich kann dir auch gleich sagen, dass ich keine Therapie machen werde, niemals, und ich werde auch keine Medikamente nehmen, niemals. Dafür werde ich dich pflegen, wenn du alt bist, und ich werde nicht darüber klagen. Ich werde deine Scheiße abwischen, als sei es Honig. Ich werde deine Haare und Nägel schneiden und dich massieren, ich werde dein Essen klein schneiden oder pürieren, ich werde dir was vorlesen und was vorsingen. Ich werde mich niemals vor dir ekeln, aber du wirst auch keinen Besuch bekommen dürfen, weil ich aus dir ein lebendes Denkmal machen werde, niemand soll dich jemals siechen sehen.

Er sagte: Okay.

Sie sagte: Ich werde, wenn du sehr krank bist, all meine Blumen wegwerfen, denn in der Blumenerde bilden sich nach einer Zeit Sporen, und die sind gefährlich für einen kranken Menschen. Ich werde alle wegwerfen, auch die Orchideen, die ich nicht einfach einem Fremden geben kann, eher schneide ich sie ab und stelle sie noch ein paar Tage ins Wasser und schaue ihnen zu, wie sie welken, und in der Zeit darfst du kein Wort sagen.

Du wirst immer kränker werden, aber du wirst erst sterben können, wenn ich sterbe, eines Nachts, und du wirst kurz danach auch gehen, und dann kommen wir in die Zeitung: »Paar, fünfzig Jahre verheiratet, stirbt in derselben Nacht«, und das wird allen gut gefallen.

Er sagte: Gut.

Aus der Ferne nähern sich bedrohliche Augen.

»Steh mal auf.«

»Ich kann nicht.«

»Du musst aufstehen, da kommt ein Auto.«

»Ich kann nicht.«

»Helga, hör auf mit dem Scheiß, da kommt ein Auto, steh sofort auf!«

Er läuft zu ihr und zieht sie am Arm. »Hör auf mit dem Scheiß, Helga, hör auf mit dem Scheiß.« Sie rührt sich nicht, und so sagt er: »Wir können es mitnehmen, wenn du willst.«

Sie hebt den Kopf von der Straße, eine Sterbenskranke, der der Arzt plötzlich Hoffnung macht. »Das wäre schön.« Sie steht auf, und er nimmt das Reh, hebt es hoch und trägt es auf die Wiese. Und sie läuft ihm nach, und sie lacht, und ein blaues Auto braust vorbei.

Sie sagt: »Ich mach das.«

In dieser Sekunde hört der Wind auf, als würde er ihr zustimmen, und er sieht ihr nach, wie sie zum Auto läuft, ein kleines Kind im weißen Kleid, sie hüpft schnurgerade auf der Linie entlang, und als sie zurückkommt, ist sie barfuß und ganz außer Atem. Sie hält sein Taschenmesser in der Hand.

Sie kniet sich hin und schneidet den Hals auf. Mit den Händen sucht sie die Röhre, die zum Pansen führt, schneidet sie durch und verknotet sie. Sie wuchtet das Reh um und schneidet längs den Bauch entlang. Sie nimmt die Vorderbeine, kniet sich mit einem Bein auf das Reh und bricht ihm mit dem Fuß den Brustkorb. Dann erweitert sie den Schnitt, nimmt die Hinterbeine und bricht das Becken. Sie greift mit dem rechten Arm tief in das Reh, schaufelt die Organe raus, und als es zu regnen beginnt, trennt sie einen faustgroßen Muskel ab und hält ihn im Arm wie eine Mutter.

Blutrot hinten, reinweiß vorn, läuft sie zum Wagen vor.

Petra Bertram,
Angestellte Sonderprojekte

Heute macht Frau Bertram eine Ausnahme, die sie später noch bereuen wird. Letztes Jahr hat sie viele Überstunden gemacht. Heute ist sie früh fertig. Die Sonne scheint, ihre Kinder werden sich freuen, wenn sie von der Schule abgeholt werden. Sie freut sich auf die Kinder. Es ist eine Überraschung. Sie verlässt das Büro um zwölf.

Frau Bertram arbeitet Teilzeit. Drei Tage ist sie im Büro, zwei Tage zu Hause, und dann ist Wochenende. Vier Tage für die Familie, drei Tage arbeiten – das ist eine ausgewogene Art zu leben, findet sie. Sie muss eigentlich gar nicht arbeiten, aber sie tut es für ihr Image. Mit Teilzeit macht man keine Karriere, sagt sie ihren Freundinnen. Ihnen gegenüber tut sie so, als sei ihr Karriere egal, und vielleicht stimmt es auch, sie weiß das selbst nicht so genau. Aber sie weiß, was sie immer wollte: ein Haus, einen Mann und zwei Kinder, und das alles hat sie jetzt. Ich bin zufrieden, sagt sie den Müttern der Freunde ihrer Kinder, die fast alle Hausfrauen und unzufrieden sind.

Frau Bertram weiß, wie es geht mit dem Leben. Sie überlässt ihrem Mann das letzte Wort, dafür überlässt er ihr das Girokonto. Der Kühlschrank ist immer voll, die Betten sind immer gemacht. Sie hat eine Putzfrau, sie geht alle zwei Wochen zum Friseur. Sie hat eine Sonnenbank, die steht im Keller. Sie hat eine Nussbaumschrankwand im Wohnzimmer, ein Ledersofa, eine Nespressomaschine, einen Induktionsherd und eine Kochinsel. Um die Kochinsel herum ist es ein bisschen eng, aber das würde sie nicht zugeben, nicht vor ihren Freundinnen, nicht vor ihrer Mutter, die immer, wenn sie zu Besuch ist, sagt, dass es um die Kochinsel herum ein bisschen eng sei, wofür Frau Bertram sie dann immer kurz hasst. Sie fährt einen Honda CR-V, den kleinsten SUV am Markt. Ihr Mann hat einen Passat. Sie streiten nie. Die Kinder spielen dienstags Klavier und donnerstags Hockey. Heute ist Donnerstag.

Sie hat am Morgen die Hockeyschläger in den Kofferraum gepackt. Die Schläger sind aus Holz und eigentlich zu schwer für ihre schmalen Kinder. Aber alle spielen hier Hockey. Es gehört sich so in ordentlichen Familien.

Eigentlich holt Frau Bertram ihre Kinder nur an ihren freien Tagen von der Schule ab. An den anderen Tagen gehen die Jungs zu Fuß. Heute zum Beispiel hätten sie gemusst. Und nun brauchen sie doch nicht zu Fuß zu gehen. Es ist eine Überraschung, sie wissen von nichts, und Frau Bertram freut sich darauf, ihnen eine Freude zu machen.

Frau Bertram findet Teilzeit gut. Die frustrierte Hälfte ihrer Kollegen beneidet sie, zur zufriedenen Hälfte hat sie keinen Kontakt. Die zufriedenen Frauen haben keine Kinder und arbeiten Vollzeit, die zufriedenen Männer haben Kinder und Frauen, die Teilzeit arbeiten. Sie könnte auf sie alle verzichten, sie sind wie Klaviergeklimper in einer Bar: nett, dass sie da sind, aber zuhören muss man nicht.

Frau Bertram hat nichts an ihrem Leben auszusetzen.

Sie ist mit Tempo fünfzig unterwegs zur Grundschule, sie könnte die Klimaanlage anmachen. Doch lieber ist es ihr, das Fenster zu öffnen. Sie schaut auf ihre Damenuhr, Armani Sport, ein Geschenk ihres Mannes zum vierzigsten Geburtstag, und merkt, dass sie noch fünf Minuten hat. Pünktlich biegt sie von der Hauptstraße ab in die Nebenstraße, an deren Ende die Schule ihrer Kinder liegt.

Eile ist etwas, was sie vermeidet, sie liebt das Geplante. Aber jetzt steht hier, mitten auf der Straße, ein Müllauto, ungeplant.

Frau Bertram sieht schon wieder auf ihre Armbanduhr. Sie sieht normalerweise fast nie auf diese kleine Armani Sport, dreihundertfünfzig Euro, zum vierzigsten Geburtstag, von ihrem Mann.

Eine Armani-Uhr, eine kleine Armani-Uhr. Sie trägt sie seit dem Morgen vor anderthalb Jahren, als sie aufwachte und plötzlich vierzig war. Da standen ihr Mann und die Kinder an ihrem Bett und sangen. Sie wollte weinen, aber sie tat es nicht. Sie lachte. Zuerst öffnete sie die Päckchen der Kinder. Es war etwas Selbstgebasteltes, und sie machte, was sie jedes Jahr machte, wenn sie an ihrem Geburtstag den Bastelkram ihrer Kinder auspackte: Sie legte eine Zehn-Punkte-Kür in mütterlicher Freude hin. Sie sagte »Oooh« und »Aaah«, weil sie sich freute, aber auch, weil es sich in einer geordneten Familie wie ihrer so gehörte. Sie lachte, und ihr war zugleich so sehr nach Weinen zumute, dass sie meinte, die Tränen nur mit besonders lautem Lachen stoppen zu können. Und unterdessen, ganz nebenbei, behielt sie das Päckchen im Auge. Ihr Mann hielt es. Er hielt es ganz ruhig und schaute seiner Familie beim Freuen zu. Er hielt das Päckchen die ganze Zeit über in der Hand. Es hatte genau die richtige Größe, um Frau Bertram über die Zahl hinwegzutrösten, die ab heute ihr Alter bezifferte. Sie weiß noch, wie sie sich für ihren Wunsch nach einer Rolex schämte. Sie weiß noch, wie in genau dem Moment die Hitze in ihr hochwallte, als das Päckchen von seinen in ihre Hände überging. Es war ein Gefühl wie reine Liebe. Zum Preis von zwölftausendachthundertfünfzig Euro.

Nun ja, es war keine Rolex. Es war eine Armani Sport, zum Preis von zwölftausendachthundertfünfzig minus zwölftausendfünfhundert Euro. Sie trug die Uhr trotzdem, ihm zuliebe, und jedes Mal, wenn sie nach der Uhrzeit sah, kam die Erinnerung an diesen Moment hoch, in dem die Hitze, die sie für Liebe gehalten hatte, erkaltete und ein Herz zurückblieb, das auf die Größe eines Eiswürfels zusammengeschrumpft war. Vielleicht sah sie deswegen so selten auf die Uhr.

Der Fahrer ist verschwunden. Frau Bertram sieht weder Mülltonnen noch Müllmänner. Das große Müllauto steht einfach da, mitten auf der kleinen Straße, und stößt üble Duftwolken aus, einen Geruchsmix aus Abfall und Abgas. Noch ein Blick auf ihre Uhr. Nur eine Autominute von hier endet in diesem Moment der Unterricht. Es passiert, was ihr sonst nur sehr selten passiert: Sie wird nervös.

Ihre Kinder würden in ziemlich genau fünf Minuten die Schule verlassen. Gerade jetzt würden sie anfangen, ihre Sachen einzupacken, Bodo, ihr Großer, zehn Jahre alt, vierte Klasse. Er trödelt. Aber Alfons, zwei Jahre jünger, würde schon fast fertig sein. Sie sieht ihn seine Schulsachen in die

Tasche werfen, mit seinem Kinderranzen auf dem Rücken den langen Flur in Richtung Ausgang entlangrennen. Sie sieht den Direktor um die Ecke biegen, ihren Sohn blitzschnell vom Rennen zum Gehen wechseln, dann, sobald der Direktor vorbei ist, wieder mit Rennen anfangen. Jetzt ist er im Foyer, jetzt auf der Treppe, und jetzt, in diesem Moment, läuft er durch die Schultür hinaus ins Freie. Eine Sekunde lang sieht sie sich selbst vor der Tür stehen, sieht ihren Sohn auf sich zulaufen – und dann, Minuten sind vergangen, sieht sie die Müllmänner. Zwei springen hinten auf ihr stinkendes Müllauto, einer in die Fahrerkabine. Als wäre nichts geschehen, als hätten sie nicht gerade eben fast vier Minuten lang die Straße blockiert und verhindert, dass sie pünktlich ist, fahren sie davon. Das Müllauto biegt um die nächste Ecke, gibt die Straße frei, und Frau Bertram gibt Gas.

Noch achthundert Meter bis zur Schule. Sie sieht Bodo, ihren verträumten Großen, der ungefähr jetzt den Weg vom Klassenzimmer zur Straße geschafft haben müsste. Sie sieht Alfons und Bodo, Ranzen an Ranzen, den Heimweg antreten. Sie muss nun rasen, um die beiden zu erwischen, ehe sie die Einbahnstraße erreichen, an der sie sie verlieren würde.

Kinder kommen ihr entgegen. Kinder mit Eltern und ohne. Erst viele; je näher sie der Schule kommt, desto weniger werden es. Und da, vorn an der Straße, sieht sie die wippenden Ranzen ihrer beiden Söhne und fühlt sofortige Erleichterung, spürt, wie sich die Anspannung von gerade eben in Freude verwandelt.

Noch einmal Gas, ein kurzes Hupen. Die Jungs drehen

sich um, sie sehen ihre Mutter, sie lachen sie an. Frau Bertram lacht zurück, ein Mutterlachen, echter geht es nicht. Sie bremst. Sie hält einfach an, mitten auf der Straße, genau wie das Müllauto gerade.

Und während sie darauf wartet, dass ihre Söhne zum Auto gerannt kommen, sieht sie im Rückspiegel ein Auto, einen silbernen Golf, mindestens zehn Jahre alt. Hinter dem Steuer ein Mann. Er hupt. Er meint sie.

Die Jungs sollen sich beeilen, Herrgott. Doch sie beeilen sich nicht, und Frau Bertram erkennt erst jetzt, warum sie so lange brauchen. Sie tragen irgendetwas – eine Platte, darauf ein Ding, grün. Das Ding wackelt, die Kinder sind vorsichtig, sie wollen, dass das Ding heil bleibt. Der Mann im Rückspiegel hat sich beruhigt, er hat die Kinder gesehen. Kinder, herrliche Kinder. Alles ist wieder unter Kontrolle. Die Jungs erreichen die Bordsteinkante.

Jetzt kommt von vorn ein anderes Auto. Ein flaches Auto, schwarz. Am Steuer eine Frau, sehr elegant. Die Frau hält an, sie kommt an Frau Bertrams Honda, dem kleinen Honda CV-R, nicht vorbei hier, auf dieser schmalen Straße. Es ist eine Sekunde, in der Frau Bertram nicht weiß, was sie tun soll. Wegfahren, Straße räumen? Stehen bleiben, Kinder retten. Kinder. Es sind Kinder, es sind ihre Kinder. Ich bleibe hier stehen. Die paar Sekunden, denkt sie und fühlt, dass sie im Recht ist und trotzdem schuldig.

Die Jungs haben die Platte mit dem grünen Ding jetzt heil vom Bordstein auf die Straße balanciert, es fehlen ihnen zehn Schritte bis zum Auto. Der Mann im silbernen Golf sitzt regungslos da. Er scheint zu lächeln, und Frau Bertram atmet auf. Für Millisekunden ist sie ruhig, aber nur genau so lange, wie sie braucht, um ihren Blick vom Rückspiegel auf die Frontscheibe nach vorn zu richten, zu der Frau im schwarzen flachen Auto. Eine Millisekunde lang denkt sie, dass die Jungs ein schöner Anblick sind. Noch zwei Schritte bis zur Autotür, unschuldige Kinder, vorsichtige Kinder, behütete Kinder, deren Mutter sie von der Schule abholt. Und jetzt ist die Millisekunde vorbei, und jetzt treffen ihre Augen die Dame, und jetzt sieht Frau Bertram etwas Unglaubliches: Sie sieht einen Stinkefinger.

Die elegante Frau, eine Dame, zeigt Frau Bertram, der Mutter von Bodo, zehn, und von Alfons, acht, verheiratet, Teilzeit, Armani Sport, Honda CV-R, einen Stinkefinger. Sie hält ihren Mittelfinger hoch und sieht dabei auch noch gut aus. Hinter ihr wartet das nächste Auto. Und noch eins. Frau Bertram blockiert die Straße. Ihre Söhne lachen, der Stinkefinger steht.

Die Dame ist ganz ruhig hinter ihrem Lederlenkrad. Sie sitzt einfach da und schaut geradeaus an Frau Bertram vorbei. Der Stinkefinger ist echt. Eine Sekunde lang, zwei Sekunden, drei. Frau Bertram sieht den knochigen Stinkefinger der Frau, sie sieht und hört nichts anderes, nicht die Autotür, die ihre Kinder stöhnend aufreißen, nicht die Geschichte vom grünen Ding, einem Dinosaurier aus Pappe, von Bodo gebaut, der beste Saurier von allen, ein Prachtstück, Note eins, und nicht so einfach ins Auto zu kriegen mit den Ranzen auf den Rücken und der Pappe, auf der der Saurier hockt. Frau Bertram sitzt einfach da und starrt auf den Stinkefinger. Sie hilft ihren Söhnen nicht, sie treibt sie nicht an. Sie schaut. Der Stinkefinger senkt sich. Womöglich in Erwartung einer baldigen Räumung der Straße.

Frau Bertram erwacht aus der Stinkefingerstarre und denkt: nein.

Sie denkt: Ich bleibe hier stehen.

Sie denkt: Ich werde es aufklären.

Sie denkt: Ich werde zu ihr gehen, freundlich fragen. Ein Missverständnis. Aufklären. Jetzt.

Frau Bertram öffnet die Tür, ihre Söhne fragen, was los ist, sie hört es nicht, sie steigt aus, geht zu dem schwarzen BMW, sie spricht durch die Scheibe, »Wären Sie vielleicht so freundlich, mir kurz zuzuhören?«. Die Dame schaut geradeaus, Frau Bertram spricht laut: »Machen Sie bitte Ihr Fenster auf, mir ist so, als hätten Sie mir gerade eine obszöne Geste gezeigt«, und sie spürt, wie ihr Hals trocken wird bei diesen Worten, weil die Dame an ihr vorbeistarrt; statt mit ihr zu reden, ja, zeigt sie ihn wieder.

Frau Bertram steht vor der Scheibe und schreit jetzt mehr, als sie sagt, sie schreit: »Wieso verstecken Sie sich hinter der Autoscheibe, und wieso zeigen Sie in Gegenwart von Kindern Gesten, und wieso sind Sie nun zu feige, mir zu erklären, was der Grund dafür ist?« Und nun sinkt der Stinkefinger, und die schmale Hand greift ein weißes iPhone, aber die Dame telefoniert nicht, sie schaut Frau Bertram noch immer nicht an, sie schaut auf ihr Handy, und dann macht sie ein Foto.

Sie hat mich fotografiert, denkt Frau Bertram. Sie sitzt im Auto hinter der Scheibe und fotografiert mich. Frau Bertram hört auf zu schreien.

Sie sieht die Lösung ihres Problems. Die Lösung liegt im Kofferraum ihres Honda CV-R. Hockeyschläger aus massivem Holz, zu schwer für ihre schmalen Söhne, aber schwer genug, um damit die Autotürscheiben zu zerschlagen, einmal, zweimal, dreimal, mit voller Kraft, bis die Splitter die Straße bedecken und die Dame endlich den Kopf dreht, um ihr in die Augen zu sehen und ihr zuzuhören, wenn sie, in aller Ruhe und Freundlichkeit, die Dame um eine Erklärung für ihren Stinkefinger bittet.

Sie sieht die Fahrer in den Autos, die hinter dem BMW Schlange stehen, sie sieht den Fahrer des silbernen Golfs hinter ihrem Wagen. Sie sieht die Neugierde in ihren Augen. Sie geht zurück zu ihrem Honda CV-R und öffnet den Kofferraum. Sie sieht Hockeyschläger aus massivem Eichenholz, zwei Stück, fast neu, sie sieht ihre Hände nach einem Schläger greifen, die Hände zittern, sie hört die Söhne auf der Rückbank hysterisch glucksen, und sie hört sie trotzdem nicht.

Niemand kann mich aufhalten, denkt Frau Bertram. Sie ist mit dem Hockeyschläger in den Händen auf dem Weg zurück zum BMW. Niemand kann mich aufhalten.

»Hallo Petra!«, hört sie von der anderen Straßenseite. Sie hat einen Hockeyschläger in ihren Händen, bereit zum ersten Schlag. Sie ist ein Fleischhauer. Sie ist ein Holzfäller. Sie ist ein Schläger. Sie ist ein Krieger. Und da steht Marion. Die Mutter von Leo. Und Leo ist der beste Freund von Bodo.

»Du, Petra, hast du ganz kurz Zeit«, sagt Marion. Und Frau Bertram ist kurz hin- und hergerissen zwischen dem Krieg da vorn und dem Guten Tag links. Sie spürt ihr Gesicht, es lacht. Sie hört ihre Stimme, weich und verbindlich, und ihre Stimme sagt: »Hallo Marion«. Sie klemmt sich den Hockeyschläger unter den linken Arm, damit sie

Marion mit dem rechten umarmen kann. Es geht um den Kindergeburtstag nächste Woche. Leo wird kommen, er freut sich schon auf die Feier. Was Bodo sich zum Geburtstag wünscht. Das muss Marion noch wissen. Frau Bertram weiß es. Lego. Star Wars. Was Kleines. Marion lacht. Leo freut sich auf die Feier. Petra lacht. Bodo freut sich auf Leo. Sie umarmen sich. Der Hockeyschläger trifft Marions Rippen. Wir sehen uns beim Training der Jungs. Sie lacht. Sie winkt.

Als Frau Bertram den Blick hebt, ist die Straße leer. Da steht ihr Honda CV-R, der kleinste SUV am Markt. Die Jungs auf dem Rücksitz. Sie spielen mit dem Dinosaurier aus Pappe. Die Zeit steht still. Sie schließt die Augen und sieht ein schwarzes Auto. Eine Dame am Steuer. An ihrem Handgelenk blinkt eine Rolex.

Martin Petzold, Sachbearbeiter Sonderprojekte

18 Uhr.

First seating.

Licht an! Brust raus!

Weiße Hemden.

Hohe Schuhe.

Ein bisschen wie New York. Nein?

Laut lachen.

»*Capitalism Kills Love*« steht über dem Eingang. »Was soll das ausgerechnet hier?«, fragt jemand. »Kapierst du nicht, oder?«, sagt einer, der es verstanden hat.

Für die Man-kann's-doch-mal-versuchen-Menschen in Windjacken gaukelt der Empfang Bedauern vor. Beide Hände hochheben, zum Himmel, wie eine betende Menge. Ein paar Straßen weiter gibt's ein »Blockhouse«. Eine Augenbraue heben, traurig lächeln. Sie verstehen das dann schon und kommen nicht wieder hierher, zum Grill an die Spree.

Man hat reserviert. Die Menschen werden den Tischen und den Zeitfenstern zugeteilt wie Eiskugeln Kindern. Zwei Stunden müssen reichen. Einen ganzen Abend lang am selben Tisch kleben bleiben – das ist doch Wahnsinn, aus Sicht des Gastronomen. Zwei Stunden reichen für ein Steak, argentinisch, pfälzisch, bayrisch, holsteinisch, japanisch. Wein dazu, Hummer vornweg, mit Champagner, sehr gern. Whiskey hinterher, Single Malt. Zwischendurch Zigarettenasche in die Spree tippen. Weiße Hosen gehen nur, wenn sie aus Leinen sind.

Es ist schön hier.

So schön.

Wer es hier nicht schön findet, ist verrückt.

Nicht nach den Preisen fragen, nicht nach den Preisen schauen. Trinkgeld. Zwanzig Prozent. Dreißig Prozent, hundert Prozent. Unterschreiben, raus.

Der Dieb schaut ein bisschen zu. Er ist ein Zuschauer der Vorstellung, vielleicht der einzige. Er will aber nicht Zuschauer bleiben. Er will mitspielen, allerdings erst im nächsten Akt. Erst muss er noch weiter, bevor er wieder herkommen wird. Er wollte nur schon mal schauen.

Er lässt heute sein Fahrrad stehen. Lust auf ein Taxi? Schon mal ein bisschen übermütig werden? Sieben Fünfziger, dreizehn Zwanziger, ein Zehner, einunddreißig Fünfer. Siebenhundertfünfundsiebzig Euro. Er hat es ausgerechnet. Das Geld passt knapp in sein Portemonnaie.

Nein, kein Taxi. Er nimmt die U-Bahn zum Wittenbergplatz. Er sitzt im Schummerlicht und denkt: Ich hab hier drin die meiste Kohle. Die Fahrt ist kürzer als sonst, und draußen, am Wittenbergplatz, scheint noch immer die Sonne. Er ist bloß ein Punkt, der sich bewegt. Er geht zwischen anderen Menschen, niemand sieht ihn, obwohl er groß ist und gut aussieht, richtig gut, und obwohl er Augen hat, die man nicht vergessen kann. Eins ist blau, das andere grau. Niemand sieht seine Augen, niemand sieht die Beule, die sein Portemonnaie in der Hose macht, obwohl die Beule heute so dick ist, aber das weiß niemand außer ihm selbst. Er fühlt die Beule, sie gibt ihm Kraft. Sein Schatten ist lang. Vor ihm das große Steinhaus mit den sechs Buchstaben: KaDeWe.

Je näher er dem Eingang kommt, umso wohler fühlt er sich.

Er kennt das KaDeWe. Er ist oft hier, er kauft gern schöne Sachen. Aber er muss sich viel verkneifen. Was für ein Scheißleben das ist, in dem ein Mann als Pfarrerssohn auf die Welt gekommen ist, mit ganz viel Moral und ganz wenig Geld, und in dem ein Mann wie er, der mit teuren Sachen viel besser aussieht als mit dem billigen Kram seiner Eltern, damit leben muss, dass er sich nur die Wünsche eines Sachbearbeiters erfüllen kann.

Den Weg zur Schuhabteilung könnte er im Schlaf gehen. Er weiß auch schon lange, wie sie sich anfühlen in der Hand und am Fuß: Wildleder, Used-Look, halbhoch, Größe vierundvierzig, dreihundertfünfundzwanzig Euro. Erstes OG, Herren-Outdoormode, Herrenaccessoires, Herrenjeans, Herrenstrickmode, Herrenstrümpfe, Herrenwäsche. Es riecht gut hier.

Er setzt die Managermiene auf. Die Verkäuferin bringt seine Größe, sie schaut ihm dabei zu, wie er einmal hin- und hergeht und nickt, als er sagt: Ich behalte sie gleich an. Er sagt es leise, denn so was macht man hier nicht, so was macht man in Schuhgeschäften, in denen man ältere Schrottschuhe gegen neuere Schrottschuhe eintauscht. Die Verkäuferin ist jetzt seine Komplizin. Die alten Schuhe lässt er zusammen mit dem Karton an der Kasse zurück.

Sechs Fünfziger, ein Zwanziger, ein Fünfer von der Beute fehlen ihm nun. Er hat Schuhe an, die er nie wieder ausziehen möchte. Im Konsumrausch, mit Geld, das er bei Kollegen gesammelt hat, genauso wie sein Vater die Kollekte.

Das Van-Laak-Regal. Dagegen kann er sich nicht wehren. Genau das richtige Rosa, die Baumwolle glatt, er spürt sie, ohne sie zu berühren. Dieses Hemd stünde ihm gut, und es täte ihm gut. Er trägt sein Hemd schon den ganzen Tag. Es sieht nicht so aus, wie es aussehen sollte heute Abend. Sein Hemd hat nicht mehr das, was ein Hemd am Abend haben muss: das richtige Maß an Knitterfalten, die ein teures, sehr heiß gebügeltes, am besten gestärktes Hemd hat, nachdem es ungefähr zwei Stunden lang getragen wurde, ganz normal getragen, achtlos. Dann sieht es nicht mehr nach Kleiderschrank aus, aber auch noch nicht nach Schwitzen und einem ganzen Arbeitstag. Die Falten sind scharf und hart, das Hemd raschelt ein bisschen, wenn man sich bewegt.

Sein Hemd ist das Hemd eines Angestellten nach einem Acht-Stunden-Tag. Die Falten sind rund und weich, durchgeschwitzt und wieder getrocknet, es raschelt schon seit Stunden nicht mehr.

Das Van-Laak-Hemd passt zur Hose, zu den neuen Schuhen und zu ihm. Er sieht nach, ob sie seine Größe dahaben, Kragenweite einundvierzig, extralange Ärmel. Sie haben sie. Hundertneunundneunzig Euro. Er könnte es einfach kaufen. Bezahlen mit Geld, das er nicht teilen muss und nicht einteilen, für Miete, Kantine, Gas, Strom und Monatskarte.

Die Kuh braucht kein Geschenk, und schon gar kein teures. Er beschenkt sich mit dem Geld einfach selbst.

Das hat er verdient, weil er er ist, jemand, der seit Jahren macht, was man ihm sagt, jemand, der noch nie eine Grenze überschritten hat, nicht mal eine unbedeutende. Das Geld gaben ihm die Kollegen, als er mit seiner bescheuerten Namensliste rumging. Lenkewitz und Müller rissen einen Fünfziger aus dem Portemonnaie, genau wie der Handke, nur dass der es sich leisten kann und Lenkewitz nun sicher nicht weiß, wie sie ihre Katze satt kriegen soll. Fünfzig Euro – als Dank dafür, dass die Kuh sie rumjagt im Büro, von Etage zu Etage, bei diesem Übergewicht, aus reiner Bosheit. Fünfzig Euro Schmerzensgeld, umgekehrtes Schmerzensgeld. Geld, das sie der Frau in den Rachen schmeißen will, die ihr Schmerzen zufügt. Und Müller, der Säufer, wie dick er tat mit dem Schein. Theater. Eine große Show, mit der er davon ablenken will, dass er nicht mal mehr fähig ist, seinen eigenen Schreibtisch in Ordnung zu halten.

Merkwürdig. Wie er da vor dem Van-Laak-Regal steht, verliert er das Interesse. Ein schönes Hemd, aber er will darauf verzichten. Er hat zwei Gründe. Der erste Grund: die Löcher. Diese Löcher, die Stecknadeln im Stoff hinterlassen, die wären nicht weg, wenn er um zwanzig Uhr dran ist. Die Vorstellung, dass er das »Grill Royal« betritt und aussieht wie jemand, der sich extra ein neues Hemd gekauft hat, wie jemand, der sich möglicherweise in einer öffentlichen Toilette umgezogen hat, bevor er ein Restaurant betritt, das er sich eigentlich nicht leisten kann – das ist ein guter Grund, das Hemd liegen zu lassen. Der zweite Grund: Er muss das Hemd nicht liegen lassen, sondern er will. Er könnte es kaufen. Der Gedanke, das Hemd zu besitzen, verliert in dem Moment an Reiz, in dem es ihm gelingt, sich vorzustellen, dass er es bezahlen könnte, wenn er wollte. Er verzichtet nicht auf das Hemd. Es ist kein Verzicht. Es ist eine Entscheidung. Er will es nicht. Er fühlt sich leicht und frei.

Das macht das Geld. Es ist ihm zugefallen. Niemand vermisst es. Er wird irgendeinen Plunder für die Schaaf kaufen, sie wird sich per Mail an alle für die »reizende Aufmerksamkeit« bedanken. Bingo.

Die Liste, in der hinter dem jeweiligen Namen der Betrag und zwei Unterschriften standen, seine und die des Spenders, diese Liste hat er schon im Abteilungsschredder versenkt. Auch das – ein unvergessliches Erlebnis. Das Schöne ist, dass niemand das Geld vermisst. Darum kann er es genießen, das Geld zu besitzen.

Er ist ein Mann, der neue Schuhe an den Füßen hat und der sich gegen ein Van-Laak-Hemd entschieden hat. Er denkt noch mal, weil's so schön ist: Ich habe mich gegen das Van-Laak-Hemd entschieden, so verlässt er das Kaufhaus des Westens. Und nun setzt er sich in ein Taxi und fährt Richtung Osten.

20 Uhr.

Second seating.

»Capitalism Kills Love« – jetzt leuchtet der Schriftzug im nachlassenden Tageslicht blasslila.

Weiße Hemden.

Hübsche Frauen.

Nur nicht zeigen, dass man darauf wartet, eingelassen zu werden. Es ist die schwierigste Tranche des Abends, denn die 18-Uhr-Gäste wollen eigentlich noch nicht gehen. Sie haben gerade angefangen, richtig locker zu werden. Es ist eine Kunst, sie rauszukriegen.

Steakhaus, wie das klingt. Das »Grill Royal« ist ein Restaurant, das keine Sterne braucht. Es gibt keine Prominentenfotos an den Wänden. Es gibt keine freien Plätze, zu keiner Uhrzeit.

Kassieren, ohne Druck zu machen, Tische neu eindecken. Der Trick ist das Besteck – es muss klappern, aber nur ein bisschen, nicht zu laut und nicht zu leise. So, dass die, die mit dem Dessert rumtrödeln, anfangen, sich schuldig zu fühlen. Und dann bringen sie die Rechnung, obwohl niemand eine Rechnung bestellt hat.

Eine Rechnung, um die nicht gebeten wurde, ist eine Beleidigung für die Gäste, die gern bleiben würden. Sie sollen zahlen und gehen, obwohl es doch gerade so schön menschlich hier drinnen wird. Die Rechnung heißt: raus hier, weg hier, du bist nicht mehr unser Gast. Nur dass der Gast nicht merken darf, dass er gerade rausgeschmissen wird.

Noch so ein geiles Ding: die Kellner. Sie lachen im richtigen Moment, sprechen Englisch und Russisch. Sie behandeln die Gäste wie Freunde. Man ist hier unter sich, sieht sich zu und sieht dabei zu, wie einander zugesehen wird.

Der Kellner hat die Verantwortung für den Rausschmiss. Er bringt die Rechnung – edel präsentiert, im Lederetui. Sie müssen gehen, obwohl sie noch bleiben wollen.

Tisch siebenunddreißig für Schmidt und Begleitung. Schmidt ist ein Rechtsanwalt. Irgendeiner. Einer von tausend Rechtsanwälten in Berlin oder von zehntausend oder von hunderttausend. Er hat seine Freundin dabei. Sie ist blond, viel mehr kann man über sie nicht sagen. Tisch fünfundvierzig für Müller und Müller – ein Ehepaar an seinem kinderfreien Abend. Ein Abend, der mit Steak beginnt und vielleicht mit Sex endet. Tisch hundertneunzehn für drei Damen vom Theater, sie lachen laut und heißen ganz sicher nicht Müller. Für Tisch fünf und Tisch hundertdreizehn wurden Geburtstagsarrangements bestellt, ein Glas Champagner, Gruß des Hauses.

Sie kommen alle gleichzeitig, sie sind leitende Angestellte und höhere Beamte, Zahnärzte, Steuerberater, Makler, Agenten, Redakteure und sehen hier alle ein bisschen wie Künstler aus. Sie strömen herein und halten sich gegenseitig die Glastür auf und tun so, als sei es Zufall, dass sie alle gleichzeitig kommen. Die Gäste mögen das Gefühl, dass sie platziert werden, nicht. Sie lachen und sehen aus wie Freunde, die zufällig hier vorbeikommen, Punkt zwanzig Uhr.

Und da kommt der kleine Dieb angefahren, im Taxi, für fünfundzwanzig Euro.

Schwarze Jeans, weißes Hemd, Wildlederschuhe, Used-Look, das hat er gut ausgewählt. Die Schuhe machen es, sie reißen alles raus.

Tisch siebenundfünfzig. Er schaut auf die Spree und auch auf die Uferpromenade, und im schwarzen Wasser leuchtet es lila, der Widerschein, in Spiegelschrift. Die Menschen da draußen, sie können ihn sehen, wie er da sitzt. Nur die Schuhe unter dem Tisch, die sehen sie nicht, aber die Schuhe verändern sein ganzes Wesen. Man muss sie nicht sehen, um zu wissen, wer er ist.

Salat, ein halber Salatkopf, wie kommen die nur auf so was?

Filet mignon. Vom Angus-Rind. Was ist ein Angus-Rind?

Er überlegt, ob er das fragen soll. Er überlegt auch, ob er mal probieren soll: das brandenburgische, das japanische und argentinische Rind. Alle gleichzeitig bestellen. Ja, ich tu es, ich mach es einfach, ich mach es wirklich, denkt er. Nacheinander testen und mit Wasser den Geschmack neutralisieren. Den Unterschied schmecken. Der Unterschied. Sich zu unterscheiden ist schließlich das Wichtigste im Leben. Aber dann kommt der Kellner, und er bestellt holsteinisch und dazu eine Flasche Wein.

Bordeaux irgendwas, eine Flasche.

Dann Käse. Eine kleine Auswahl, er überlässt es seinem Freund, dem Kellner, den besten für ihn auszusuchen. Blauer Schimmel. Einen mit schwarzem Rand. Und einen, der stinkt und von der Gabel läuft, aber gut schmeckt. Die beiden anderen sind bitter. Käse mit Schimmel und Rinde, verdammt.

Er spürt in der Hosentasche das Zwei-Euro-Stück, das Krachtmann gespendet hat. Er hat es mit seinen schwarzen Fingernägeln aus der Hosentasche geholt und ihm still hingelegt. Keiner der anderen Kollegen hat so wenig Ehrfurcht vor dem fünfzigsten Geburtstag der Frau gezeigt, die über ihre berufliche Zukunft entscheidet. Ausgerechnet vor Krachtmann hat er jetzt Respekt. Er wird ihn nie wieder verachten können, was ihm immer Spaß gemacht hat.

Der Käse ist ungenießbar. Der Kellner empfiehlt Trockenbeerenauslese. Ein Glas. Der ist sehr süß – er will ihn stehen lassen. Er probiert es noch mal, zusammen mit dem bitteren Käse. Beim letzten Biss merkt er, dass das der beste Teil des Essens gewesen ist.

Er hat so viele kluge Gedanken in seinem Kopf, er kriegt sie nur nie raus. Er kann sie denken, aber sagen kann er nichts. Jetzt könnte er, er braucht nur Champagner und Chardonnay und Trockenbeerenauslese, dann könnte er reden wie Handke. Oder wie Martin Luther King. Er hat auch ungefähr genauso viele Träume. Und er versteht jetzt auch, warum Menschen Alkoholiker werden. Morgen wird er Kopfschmerzen haben.

Um zwanzig vor zehn bestellt er eine Crème brulée, sie kommt sofort, und sein Freund, der Kellner, scherzt mit ihm. Gleich wird sein Slot abgelaufen sein, weil die nächsten Gäste reserviert haben. Er braucht wirklich keine zwanzig Minuten. Nach einem Löffel muss er aufhören. Er weiß, dass ihm gleich schlecht wird.

Er ist der Einzige, der hier allein sitzt, denkt er noch. Und warum hat eigentlich niemand Geld bei den Kollegen gesammelt, als er dreißig wurde?

Espresso, doppelt, Übelkeit hin oder her. Es ist gleich zehn. Der Kellner bringt das Lederetui mit der Rechnung, und der kleine Dieb zahlt und geht, ohne sich zu bedanken.

22 Uhr.

Third seating.

Weiße Hemden.

Seidenkleider.

Der plötzlich einsetzende Wind wird ihn retten. Er will die ganze Nacht hier stehen und einfach nur atmen und atmen mit Diesbesgut im Bauch und an den Füßen. Der Wind wirbelt Staub auf, Berlin ist voller Staub, voller Sand. Der Staub passt gut zu den neuen Schuhen. Er spürt den Wind und den Schweiß auf der Stirn, der Staub klebt im Gesicht. Die Stufen sind aus Stein, das Geländer ist aus Stein, seine Füße sind aus Stein, aber er schafft es trotzdem bis nach oben auf die Brücke. Jetzt weiß er auch, warum er hierhermusste. Er beugt sich tief über das Geländer, denn er spürt, dass er jetzt gleich alles loslassen kann, was ihn belastet. Champagner und Salat und holsteinisches Rind und Chardonnay, Käse, Trockenbeerenauslese, Espresso – raus damit, in die Spree.

Margot Stablo, Angestellte infrastrukturelles Management

Ich will dir den ganzen Tag erzählen, du sollst alles wissen. Du weißt es ja schon, bist ja immer dabei, du bist der Einzige, den ich habe. Ich erzähle dir meinen Tag, damit du mich besser verstehst. Und damit du nicht aufhörst, mich zu lieben. Ich liebe dich auch.

Ich habe im Garten gearbeitet. Das Blumenbeet war voller Unkraut. Ich habe es rausgerissen. Und dabei habe ich gesungen. *Stabat mater dolorosa.* Ich wollte mich vorbereiten auf das Vorsingen. Die Melodie ist schön, aber schon ab dem F machen meine Stimmbänder nicht mehr mit, vor allem bei der Arbeit am Unkrautberg, Kopf nach unten. *Es stand die Mutter schmerzerfüllt.* So fühlte ich mich heute, auch ohne Kinder. Musik ist besser als Menschen.

Ich wollte Kinder haben, du hast anders entschieden. Aber du hast es doch gut entschieden. Es ist gut, keine Mutter zu sein. Die Sorgen enden nicht, auch wenn das Kind erwachsen ist. Jesus starb am Kreuz. Seine Mutter sah dabei zu. Und die Welt ist nicht einfacher geworden seitdem. Wäre Jesus erst heute zu uns gekommen, wie hätte er wohl sterben müssen? Wäre er vom Hochhaus gesprungen, hinein ins Volk? Oder hätte er den Sprengstoffgürtel gewählt? Es ist heute viel schwerer, ein Märtyrer zu sein.

Mir geht so viel durch den Kopf. Aber ich frage mich: Wie kann man das aushalten – noch mehr Sorgen? Und wenn Jesus bei uns im Chor wäre, müsste er dann auch vorsingen?

Ich weiß, das mit dem Unkraut siehst du anders. Man soll warten, bis man gute Saat von schlechter Saat unterscheiden kann, damit man nicht das Gute ausreißt und das Schlechte wachsen lässt. Ich kenne mich aber aus mit Unkraut, da kannst du mir vertrauen.

Bei den Menschen ist es schwerer, zu unterscheiden, als in meinem Garten – gut und böse. Vogelmiere kriecht zwischen die Blumen. Sie ist wie die Pest. Sie wächst schnell und ist robust – obwohl sie so zart aussieht. Ihre Stängel brechen wie Glas, die Zartheit ist die Waffe der Vogelmiere – man kriegt ihre Wurzel nicht gepackt. Vogelmiere macht mich wütend. Es ist ein widerliches Zeug. Man bekommt sie nur mit großer Vorsicht aus dem Boden, aber weil sie mich so wütend macht, kann ich nicht vorsichtig sein. Ich hab sie in kleine Stücke zerrissen, sie erstickt meine Rosen, meine Hortensien, meine Tränenden Herzen und den Hibiskus.

Ich liebe die Pflanzen. Sie sind nicht hinterhältig. Sie haben keine Fassade, sie sind, wie sie sind. Ich hasse die Vogelmiere, aber sie ist mir doch lieber als ein falscher Mensch. Melde ist ein schönes Unkraut. Sie hat eine ehrliche Wurzel. Man kann sie packen und ausreißen. Ich mag die Melde. Wenn ich an der Melde reiße und die Wurzeln kommen gleich mit, untendran, voller Erde, die ich abklopfe, bis nur noch die weißen Wurzelfäden übrig sind, dann denke ich, dass Arbeiten auch sinnvoll sein kann.

Gartenarbeit. Ich danke dir für diesen Garten. Wenn ich in Rente gehe, ist der Kredit weg. Noch neun Jahre.

Das Vorsingen hab ich verpasst. Ich hab den ganzen Tag dran gedacht, und dann hab ich es verpasst. Ich hab es nicht vergessen, nur verpasst. Ja, es sollte eine Aufnahmeprüfung sein, aber ich wurde das Gefühl nicht los, dass es um mehr ging als um meine Stimme. Ich meine, steht es ihnen zu, mich zu beurteilen? Bevor ich Vorsingen gehen würde, sollte der Garten fertig sein. An einem sonnigen Feierabend geht der Garten vor. Es lag schon den ganzen Tag Regen in der Luft, sogar im Büro hab ich es gespürt, durch die geschlossenen Fenster, durch die Klimaanlage. Die Kollegen kamen aus der Kantine, sie rochen nach Schwein. Es gab Braten, mitten im Sommer. Ich bin nicht essen gegangen, weil ich fertig werden wollte. Sie sind faul, alle. Sie machen Pausen, den ganzen Tag. Ich sage nichts. Ich mache nur einfach keine Pausen.

Heute habe ich mir den Spaß gemacht, auf die Uhr zu sehen. Die kürzeste Mittagspause hat Handke gemacht, dreiundfünfzig Minuten. Am längsten war Waldmann weg. Eine Stunde und zweiundzwanzig Minuten. Ich kann nicht faul sein. Du magst Faulheit nicht. Ich tu es für mich, aber auch für dich. Ich habe meine Arbeit geschafft. Ich habe mich auf den Garten gefreut. Auf die Prüfung freute ich mich nicht.

Meine Mutter ist jetzt seit drei Jahren tot. Ist es schlimm, dass ich sie nicht vermisse? Früher habe ich sie vermisst. Als Kind. Sie war schön. Sie ließ ihr Portemonnaie herumliegen. Ich nahm mir Münzen raus, manchmal einen Schein, immer so, dass es nicht auffiel. Es war meine Rache an ihr, kannst du mir das verzeihen? Ich hab dich das schon oft gebeten, ich weiß. Sie war rothaarig. Woher habe ich meine Haare? Das kannst du mir auch nicht sagen.

Auf den Regen freute ich mich sogar. Er musste kommen, seit Wochen war es trocken. Der Rittersporn ließ schon die Blüten hängen. Ich liebe Rittersporn so sehr. Er ist meine Lieblingsblume, lieber noch als Pfingstrosen. Alles hast du mir geschenkt. Alles Schöne, alles, was ich liebe. Auch die Farbe Blau. Wenn Regen kommt, muss der Garten fertig sein, vorbereitet. Ich konnte ihn so nicht lassen, wie er war, mit Vogelmiere und Melde. Du kennst mich. Der Regen wässert das Unkraut ebenso wie die Blumen.

Unkrautwurzeln sehen genauso aus wie Blumenwurzeln, das wunderte mich heute wieder. Rittersporn und Miere und Melde stecken gleichberechtigt in der Erde. Warum wachsen die Schlechten schneller als die Guten? Warum sind die Guten so schwach und die Schlechten so stark? Es gibt für alles einen Grund, ich weiß. Manchmal wüsste ich ihn gern.

Ich kann keine Noten lesen. Ich sehe, es geht rauf, es geht runter, mehr nicht. Ich habe immer ohne Noten gesungen, damals. Du hast es tausend Mal gehört, ich habe ein Gefühl für den richtigen Ton. Und wenn ich kein Gefühl hab, dann sing ich den Ton gar nicht. Warum müssen sie so kleinlich sein? Ich kann singen, ich weiß es. Du findest es doch auch, oder nicht? Die Soprane sind ja im Vorteil. Einfach die Hauptmelodie singen, fertig. Die Altstimmen – die klingen allein nach nichts. Die Altstimmen sind dazu da, die Soprane zu veredeln. Und trotzdem – die Altstimmen sorgen doch für die Gänsehaut beim Zuhören! Keiner dankt es ihnen. Ich hätte es geschafft, das Vorsingen. Ich hätte es schaffen können. Aber die Gartenmöbel mussten rein vor dem Regen. Vier Stühle, eine Bank, ein Tisch. Alles schweres Holz.

Jetzt ist der Garten am schönsten, mit der Blütenpracht. Auch der Frühling ist schön, wenn die Tulpen da sind und die Hyazinthen. Das Gute an den Blumen ist, dass sie nicht so gemein sind wie die Menschen. Man kann sich hinsetzen und sie anschauen, ohne dass sie zurückschauen, ohne dass sie tuscheln und abwägen und vergleichen. An ihnen ist nichts, das man durchschauen muss. Sie sind, wie sie sind. Menschen sind anders. Sie tun so und sind ganz anders. Aber ich kann sie durchschauen. Da ähneln wir uns, du und ich. Du schaust ins Herz der Menschen, ich hinter ihre Fassade.

Ich setzte mich auf die Bank und sah mir an, was ich geschafft hatte. Die Beete und Rabatten, ohne Melde. Ich hab nur ganz kurz gesessen. Ich dachte an die zerhackte Vogelmiere, an die Melde mit ihren Wurzeln – alles weg und tot. Das Schlechte rausgerissen, das Gute gelassen. Ich habe auch an dich gedacht. Hast du es gemerkt?

Das Holz geht kaputt im Regen. Vier Stühle, eine Bank, ein Tisch. Ich sitze mal da, mal da, damit alles gleichmäßig abnutzt. Ein Stuhl würde mir genügen. Ich weiß, aber wie sieht das aus? Es sieht nach einer einsamen Frau aus. So will ich nicht aussehen, weil es wahr ist. Außer dir habe ich niemanden.

Dum pendebat filius. Die Altstimme ist so schrecklich, wenn man sie allein hört. Man kann sie nicht allein singen.

Wenn das die Nachbarn hören, ist es peinlich. Darum singe ich den Sopran, wenn ich draußen bin, die führende Stimme, die junge Stimme, die schöne Stimme. Meine Stimme hat ihre Grenzen, du weißt es. Der Chor ist ein Laienchor, aber sie singen schön, das muss ich sagen. Wenn sie in der Kirche auftreten – das ist erhebend. Erhaben. Erhoben. Wie sagt man noch gleich? Ich wollte es, aber ich habe versagt. Schirrmacher will keine neuen Altstimmen. Alte Frauen mit tiefen Stimmen hat er genug. Das hat er nicht gesagt, jedenfalls nicht so, aber ich hab's so verstanden, und ich weiß, dass er es auch so gemeint hat. Die Soprane sind im Durchschnitt zehn Jahre jünger. Sie stehen bei der Probe den Altstimmen gegenüber. Wir sehen uns an, wenn wir nicht in die Noten schauen. Ich hasse ihre schönen Gesichter. Verzeih mir.

Acht Wochen lang jeden Donnerstag dabei sein dürfen – auf Abruf. Eine Probezeit für einen Laienchor. Ich wollte das im Büro erzählen, aber ich habe es gelassen. Sie interessieren sich nicht für andere, nur für sich. Sie hätten mir nur zugehört, um eine Pause machen zu können, eine Pause nach der anderen. Außerdem, es sähe doch merkwürdig aus, eine Probezeit, ein Vorsingen, Zittern vor Angst. Das sähe aus, als würde ich zur Staatsoper wollen. Du findest es doch auch. Eine Probezeit, ein Vorsingen: Das ist lächerlich.

Ich sage dir die Wahrheit: Ich habe Angst vor Schirrmacher. Er ist erst fünfundzwanzig Jahre alt und macht mir trotzdem Angst. Ich schäme mich dafür. Es ist, als hätte die Katze Angst vor der Maus. Nur, weil er Noten kann. Er trägt gern weiße Hemden. Fast immer sind Flecken drauf.

An derselben Stelle, seit zwei Wochen. Ob er wohl heute dasselbe Hemd trug, mit denselben Flecken? Niemand wäscht für ihn, obwohl er eine Freundin hat. Wahrscheinlich ist es bald vorbei.

Es ist nur ein Kirchenchor, aber die Regeln sind hart. Die Frauen sagen, Schirrmacher hört jeden falschen Ton, er weiß genau, wer falsch gesungen hat, auch wenn achtzig Leute gleichzeitig singen. Sie sagen es, um mich fertigzumachen. Sie wollen mich nicht. Du weißt aber, dass ich mich nicht fertigmachen lasse. Ich kann alles aussitzen.

Ich hätte nicht so schwer schleppen sollen an den Stühlen. Ich hätte es ganz lassen sollen. Aber was man anfängt, macht man zu Ende. Ostern in der Kirche. Da sangen sie das Auferstehungsoratorium, und ich musste weinen, ich bin so weich. Ich hätte Gesangsunterricht nehmen sollen vor dem Vorsingen, genau wie die Schwarz. Noten singen lernen. Schirrmacher lässt niemanden rein, nur weil er Gemeindemitglied ist, sagt die Schwarz. Unkraut. Rausreißen.

Ich weiß, erst ganz am Ende, nach der Ernte, wird abgerechnet. Ich habe immer gern gesungen, auch gut, und du weißt es. Ich habe immer auch für dich gesungen. *Stabat mater dolorosa. Es stand die Mutter schmerzerfüllt.* Seit Wochen werde ich das Lied nicht los.

Die Unkrautwurzeln sind weiß. Wenn man sich beim Unkrautjäten hinunterbückt, steigt das Blut hinein in den Kopf. Der Hals wird dick, die Schläfen werden heiß, die Stimmbänder schwellen an. Die Augen drücken von innen aus dem Schädel heraus. Und dann der Rücken. Ich weiß gar nicht, was schlimmer ist, das Bücken oder das Aufstehen.

Die Frauen kennen sich alle. Alle sind per Du. Dieses Geduze ist falsch und verlogen. Dreht sich eine um, wird über sie geredet. So ist es überall. Sie duzen mich, wenn sie mich in ihre Noten schauen lassen. Sie sagen: Könntest du bitte umblättern? Sie verstellen sich. Falsche Menschen, Unkraut. Sie flirten mit den Männern, schöne Männer sind dabei, viele Lehrer auch und sogar der Pfarrer, der ist Tenor.

Ich fuhr im Auto rüber zur Kirche. Der Regen war schneller. Er brach plötzlich los, ich konnte nichts mehr sehen. Die Scheibenwischer kamen nicht gegen das Wasser an. Ich fuhr an den Straßenrand und stellte den Motor aus. *Quando corpus morietur, fac, ut anima donetur paradisi gloriae!* Ich legte den Kopf auf das Lenkrad. Die Welt ist voller Unkraut. Warum zerstörst du es nicht? Amen.

Tobias Kolb, Angestellter IT-Services

Man braucht Gefühl, das sitzt bei Tobias im Handgelenk. Vorbeugen, ein Auge zu, die Richtung anpeilen. Die rechte Hand bewegt den Queue, stoppt kurz vor dem Aufprall. »Klock« und die Kugel rollt ins Loch.

Heute liegt es in der Luft. Überhaupt, die Luft. Sie kommt ihm dünner vor als sonst. Soviel er auch atmet, er kriegt nicht genug davon. Oder hat das was mit der Hitze zu tun? Unwahrscheinlich. Gestern war es noch wärmer. Es wird regnen später, das wird helfen. Doch diese dünne Luft, sie drückt aufs Herz.

Tobias spielt sich langsam an die Frage heran. Wenn diese Kugel versenkt ist, wird er sagen: »Woll'n wir noch mal gucken gehen?« Er wird es einfach sagen, und es wird nicht anders klingen als jede andere Frage. Woll'n wir eine rauchen gehen, woll'n wir nach Hause gehen, wollen wir Fangen spielen?

»Woll'n wir mal gucken gehen?«

Sie sind hier nicht allein, an den Nachbartischen und überall stehen Typen herum. Die Typen hören die Frage, und manche verstehen sie auch. Das sind die, die Bescheid wissen.

»Woll'n wir mal gucken gehen?«

Der Druck in der Herzgegend ist unangenehm. Tobias hält es für Sehnsucht.

Sehnsucht wonach eigentlich? Mein Gott, woher soll er es wissen? Er ist doch kein Therapeut, er ist doch kein Psycho. Man muss doch nicht alles begründen können. Es ist einfach, wie es ist.

Er kann Computer reparieren. Und wenn sie laufen, ist es gut. Aber darüber reden, wenn sie laufen, dass sie laufen, wie sie laufen, das muss nicht sein.

Vieles weiß man einfach. Man weiß es, weil man sich die Menschen ansieht. Man sieht irgendwann: Da ist ein Muster. Das macht der immer wieder. Das ist fester Bestandteil seiner Software, das ist ein Gesetz. Zum Beispiel: Rolf mag große Brüste. Wie soll man dazu sagen? Titten? Dinger? Egal, es klingt ja doch nicht richtig. Einmal hat er gehört, wie ein Typ zu einem anderen sagte: »Die hatte Dinger wie Medizinbälle«, und das fand Tobias dann sehr abstoßend.

Rolf hat Tobias nie gesagt, dass er große Brüste mag, Tobias weiß es einfach. Rolf hat keine Ahnung von Computern. Muss er auch nicht haben. Rolf ist sein Freund. Der Rest ist Rolf egal. Haarfarbe, Hautfarbe, wie alt, wie groß – egal. Tobias weiß noch mehr. Er weiß, dass Rolf große Brüste mag, aber keine operierten. Rolf erkennt den Unterschied. Die Haut ist gespannt. Sie stehen, statt zu hängen. Rolf mag das nicht, und Tobias weiß es.

»Ich mach die Rote in die linke Ecke«, sagt Tobias und schaut sich um, ob alle es gehört haben. Er kann nicht einfach so die rote Kugel in der linken Ecke versenken. Wenn er sieht, dass es klappen könnte, müssen es alle wissen. Es müssen auch alle wissen, wenn es geklappt hat. Tobias richtet sich zu voller Größe auf, macht ein Hohlkreuz und schaut sich um: »Hast du gesehen, Rolf? So geht das.«

Heute tut es weh. Da stimmt was nicht. Tobias will jetzt los. Er will es loswerden, dieses Ziehen, diesen Druck auf dem Brustkorb.

»Komm, wir gehen noch mal gucken«, sagt Tobias.

Rolf sagt: »Ja.«

Vor der Wohnung gibt es keine Parkplätze. Das ist der einzige Nachteil. Es ist aber auch ein Vorteil. Hier hat jeder ein Auto, manche haben zwei, darum sind Parkplätze knapp. Das ist ja das Gute an dem Viertel: Es ist sauber, weil es teuer ist.

Einmal sind sie mit dem Auto gekommen. Sie haben eine halbe Stunde nach einem Parkplatz gesucht und keinen gefunden. Sie haben sich dann ins Halteverbot gestellt, und ihre Laune war schon schlecht, als sie klingelten. Die Frauen waren dann alle Mist. Zu alt, zu dick, zu dünn, zu frech. Und zum Schluss hatten Rolf und er ein Knöllchen.

Ein Taxi ist eine gute Sache. Man ist der Bestimmer. Man nimmt ein Mercedes-Taxi und lässt das Toyota-Taxi stehen. Der Toyota-Fahrer war eigentlich an der Reihe. Er hat gewartet. Er ist empört. Gut so.

Innen ist es kühl. Oder warm. Jedenfalls so, wie man es will. Man kann besoffen sein oder aggressiv oder traurig. Dann spricht man mit dem Fahrer, beichtet alles, aber Tobias hat Rolf, er braucht den Fahrer nicht. Er hält seinen Vortrag, als das Taxi übers Kopfsteinpflaster rattert, und Rolf muss das aushalten. Das fällt ihm leicht. Rolf ist ein

Schweiger, zum Zuhören geboren. Tobias sagt: »Zehn Jahre – das muss man erst mal schaffen mit derselben Frau. Das kann man nur schaffen, wenn man ab und zu und so weiter«, er bezieht den Taxifahrer mit ein, »oder?«

Sie ist toll, weil sie:

- schön ist,
- nicht auf den Kopf gefallen ist,
- häuslich ist.

Tobias malt Spiegelstriche in die Luft, und Rolf nickt. Tobias geht durch, was passieren würde, wenn sie es wüsste. Sie würde lachen. Dann würde sie weinen. Sie würde ihn »Schwein« nennen.

Das Herz tut ihm so weh, dass er kaum Luft bekommt.

Der Taxifahrer ist Türke. Er fährt mit geschlossenen Fenstern und hört Deutschlandfunk. Er hat die Klimaanlage aufgedreht. Tobias glaubt, dass er ersticken muss. Sehr bald sogar. Er lässt das Fenster herunter, er braucht den Fahrtwind, um durchzuhalten bis zum Haus.

Man kann einfach klingeln. Man muss sich nicht vorher umdrehen, um zu sehen, ob keiner vorbeikommt. Jeder Freund, jeder Kollege, der jetzt hier langginge, wäre in Ordnung. Man könnte ihm in die Augen sehen und kurz reden. Über das Wetter. Über die Aktien. Sogar sie könnte kommen. An der Klingel steht »P. Müller«. P. könnte Paul sein. Paul Müller, ein Kollege, es gibt wirklich einen Paul Müller im Büro, Paul Theodor Müller, er ist Säufer, ein schlimmer Säufer, riesengroß, dünn, mit rotem Gesicht. Paul T. Müller ist dem Tod näher als dem Leben und macht sich dennoch immer fein, mit weißem Hemd und Weste.

Paul T. Müller besteht auf das T. zwischen Paul und Müller. Er geht unter – aber mit Stil, das muss man ihm lassen. Tobias könnte also sagen: Ich will zu Paul T. Müller, einem Kollegen, ganz harmlos.

Tobias glaubt, dass gleich seine Brust platzt, als nicht Paul, sondern Petra Müller durch die Gegensprechanlage fragt: »Wer da?«, und er sagt: »Tobbi und Robbi.« Bald wird es ihm besser gehen. Er liest die Namen an den Wohnungstüren. Schmitt und Schmidt wohnen nebeneinander. Da dürfte es öfters Verwechslungen geben. Hertz und Kaufmann. Dritter Stock, Haber und Müller. Die Tür ist angelehnt.

Ist Haber ein Mann? Eine Frau? Eine Rentnerin? Ein Paar mit Kindern oder Enkeln oder Blumenkästen?

Was denkt Haber über Müller, über P. Müller, über Petra, die Puffmutter. Was denkt Haber, was weiß Haber? Füttert Müller Habers Katzen? Fordert Haber seine Kinder auf, Müller einen guten Tag zu wünschen? Wie erklärt Haber seinen Kindern die vielen Besucher bei Müller, die vielen, vielen Männer?

Petra nennt Tobias Tobbi und Rolf Robbi, manchmal nennt sie beide auch »Gentlemen«, und das meint sie ironisch. Ironie hat etwas mit Intelligenz zu tun, glaubt Tobias. Petra ist eine gute Puffmutter. Eine Puffmutter »comme il faut«. »Puffmutter« klingt hässlich. Wer will schon an eine Mutter denken, wenn er hier ist – aber »comme il faut« klingt schön.

Petra bringt Rolf in ein Zimmer, und als sie zurückkommt, zeigt Tobias auf einen in Folie verpackten Stapel neben der Tür. Und Petra sagt, sie habe die Laken der Mädchen immer selbst gewaschen, doch das schaffe sie jetzt nicht mehr. Fünf Zimmer, sagt sie, viele Kunden, sagt sie, und die Wäscherei sei günstig.

Hoffentlich geht Petra nicht in Rente, denkt Tobias und dann: ob eine Puffmutter wohl in die Rentenkasse einzahlt?

Im Zimmer sagt sie ihm, dass er es sich bequem machen soll, und Tobias setzt sich auf den Stuhl. Das Zimmer ist eng, aber groß genug. Er mag es, wie es bei Petra abläuft. Man muss nicht an der Bar herumhängen und sich anpirschen an wildfremdes Fleisch oder mit geliehenen Bademänteln aus Kunstseide herumlaufen und Sekt spendieren. Petras Laden ist erwachsen, was Tobias wirklich gut findet, aber auch schlecht, denn man muss im Zimmer warten, bis Petra mit den verfügbaren Frauen zurückkommt. Und erst dann sieht man, wen sie einem zuteilt. Man kann nicht am Eingang verlangen, ein bestimmtes Mädchen zu sehen, das möchte Petra nicht, denn Petra verkauft S-e-x und nicht Mädchen.

Er weiß, wie lächerlich das ist, das Wort zu buchstabieren, es ist eine Marotte, er würde sie gern loswerden, aber er tut es trotzdem immer wieder. S-e-x.

Man muss wissen: Petra heißt natürlich nur für Stammkunden Petra. Wenn jemand neu in den Laden kommt, heißt sie Florence, das klingt edler.

Ich heiße Sandra und bin 21, ich heiße Gabrielle und bin 18, ich heiße Betty und bin 23. Immer derselbe Spruch und trotzdem nie das Gleiche. Man kann den Satz flüstern oder hauchen oder ganz normal sagen. Man kann lächeln oder lachen oder ernst oder böse oder ängstlich oder sonst wie schauen. Man kann mit den Augen zwinkern oder mit der Zunge die Lippen lecken. Man kann die Beine spreizen, den Hintern drehen und ihn über die Schulter ansehen. Man kann schüchtern tun oder ordinär.

Am besten findet Tobias Frauen, die ganz normal sind, also so aussehen, als wären sie zufällig vorbeigekommen und würden da, auf dem Stuhl neben der frisch bezogenen Matratze mit den schnurgeraden Wäschereifalten, einen Mann sehen und plötzlich S-e-x mit ihm haben wollen. Sie sollten aussehen, als hätten sie gute Laune.

Er weiß schon, welche er nimmt, aber er sieht sich trotzdem alle an. Bevor er sagt: »Die da.«

Es klingt nicht unfreundlich. Auch nicht gemein. Auch nicht anmaßend. Es klingt kühl und sachlich. Niemand redet ihm rein, niemand überredet ihn, niemand stellt Fragen, er gibt einen Befehl ein und bekommt seine Antwort, es geschieht, was er will.

Dafür kommt er her.

Er bucht zwanzig Minuten, mehr wäre Zeitverschwendung und auch Geldverschwendung. »Blasen ohne, GV mit Kommen«. Fünfzig Euro.

Doch dann kommt der schwierigste Teil, der einzige Moment, in dem es Tobias peinlich ist, was er tut.

»Die da« bittet ihn, es sich bequem zu machen, womit sie meint, dass er sich jetzt ausziehen soll. »Die da« geht raus, nach einer Minute wird sie wiederkommen. Und es gehört sich so, dass er dann nackt ist.

Es gehört sich so, dass er dann daliegt, auf dem Bett, dem nun nicht mehr frischen Laken, nackt. Das Mädchen hat immer noch was an, irgendeinen kleinen Fummel, egal. Der Fummel, den sie trägt, macht sie stark, seine Nacktheit macht ihn schwach. Diese Schwäche muss man aushalten. Dazuliegen, in Schlaffheit und Dürftigkeit. Seinen Bauch ansehen lassen.

Er ist ein lächerlicher Mann, denkt Tobias.

Es gibt keine Decke hier. Petra will nicht auch noch Decken zur Wäscherei schleppen müssen. Ihr Beitrag ist eine aufgedrehte Zentralheizung.

Manche Männer stört es nicht, dass es keine Decke gibt.

Die Kissen helfen nicht. Sie sind dazu da, sie unter den Rücken oder unter den Bauch zu schieben, Accessoires des Geschäfts. Tobias könnte das Kissen nehmen, es zwischen sich und ihren Blick schieben. Ein Mann, der sich mit einem Sofakissen schützt. Ein Wicht. Das geht nicht. Er hat es probiert.

So fangen Witze an: Kommt ein dicker Mann in den Puff.

Sein Herz.

Der Schmerz bringt Tobias halb um. Der Schmerz wartet nur darauf, aus ihm zu entweichen. Tobias fühlt Schweiß auf seiner Stirn, Schweiß am Hals, die Hände sind taub, schwer. Er kriegt sie kaum hoch, um die Schläfen zu halten.

Anna ist sein Schutzengel. Er hat sie vor Petra »Die da« genannt, er hat sich getarnt, er hat eine Lücke gefunden, er ist ein kleiner Trojaner im System dieses Puffs. Wenn er ehrlich ist, hatte er einfach Glück, dass Anna da war und dass kein anderer sie wollte.

Er war noch nie zweimal hintereinander bei derselben, doch heute tut ihm sein Herz weh.

Es fühlt sich an wie ein Date, denkt Tobias, als er sich

auszieht, er fühlt sein Herz und denkt: Ich bin schon lange nicht mehr so aufgeregt gewesen. Ich werde einfach nicht zahlen. Das wird es zu einem Date machen. Ich werde Petra sagen, dass das vorbei ist. Er denkt: Ich werde aus dem System ausbrechen, es umprogrammieren. Er setzt sich aufs Bett, nackt, er denkt nicht an den Bauch, nicht an die schlaffe Haut. Er wartet wie ein Hund vorm Haus auf sein Herrchen, voller Zuversicht.

Warum dauert das so lang?, denkt er, als ihm ein bisschen schwarz vor Augen wird. Ich muss kurz eingeschlafen sein, denkt er. Petra sollte doch Decken kaufen für die Betten. Ein Bett ohne Decke ist wie ein Acker ohne Pflanzen. Das will er ihr sofort sagen. Er will sein Telefon holen, aus der Hose, die über dem Stuhl hängt. Es ist eiskalt hier, ohne Decke.

Anna ist ja schon da, aber warum starrt sie so? Ist es sein Bauch? Warum kriegt er keine Luft? Warum tut es so weh? Warum dreht sich alles? Warum kann er sich nicht bewegen?

Ist er ein fünfzigjähriger Trottel, der sich in eine Nutte verliebt hat? Der Regen prasselt aus der Dachluke herein, auf das Laken, auf das Sofakissen, auf seinen Bauch. Wer hat das Fenster geöffnet?

Anna schreit. Er sieht sie schreien. Er hört sie nicht. Sie reißt ihren Mund auf. Ist das Polnisch? Russisch? Deutsch? Könnte Altgriechisch sein, das wäre erstaunlich, seine Anna wäre ein gebildetes Mädchen, er könnte sie heiraten und sie Freunden vorstellen: Das ist meine Anna, sie war Nutte, aber sie spricht Altgriechisch. Anna, sag mal was.

Sie sollte sich etwas anziehen.

Es regnet auf sie.

Es gibt ein wunderbares Lied über Anna, sie hat es ihm beim letzten Mal vorgesungen, es ist das einzige, was sie auf Deutsch kann, außer blasen, und es geht so:

Immer wenn es regnet
muss ich an dich denken
wie wir uns begegnen
und kann mich nicht ablenken
Anna, wie war das noch bei Dada?
Du bist von hinten wie von vorne
A-N-N-A

Was macht Petra hier im Zimmer? Kann er nicht mit Anna allein sein?

Warum drückt sie auf seinem Brustkorb rum, warum presst sie Luft in seinen Mund? Er ist noch nicht fertig, noch lange nicht.

Corinna Löwi, Angestellte Zutrittskontrolle

Es wäre so schön, wenn man einen Bestseller schreiben könnte. Es ist auch nicht schwer, einen zu schreiben. Sie hat sich extra einige angesehen. Jonathan Franzen zum Beispiel, von dem sprechen alle immer so nett. *Der Irrsinn einer herbstlichen Prärie-Kaltfront, näher kommend. Es war deutlich zu spüren: Etwas Furchtbares würde geschehen*, so beginnt *Die Korrekturen*. Das ist machbar, etwas Furchtbares würde geschehen, da ist ja jeder *Tatort* besser anmoderiert, etwas Furchtbares, denkt Corinna Löwi, Fu-hurcht-bar.

Über Philip Roth, der ja nicht mehr schreibt, weil er alles für gesagt hält, hat sie in der F.A.Z. gelesen, er sei der »größte Romancier, der heute in englischer Sprache schreibt. Sie schaut bei Amazon »Blick ins Buch« nach, der erste Satz von »Empörung« lautet: *Ungefähr zweieinhalb Monate nachdem die gut ausgebildeten, von den Sowjets und chinesischen Kommunisten mit Waffen ausgerüsteten Divisionen Nordkoreas am 25. Juni 1950 über den 38. Breitengrad vorgedrungen waren und mit dem Einmarsch in Südkorea das große Leid des Koreakriegs begonnen hatte, kam ich aufs Robert Treat, ein kleines College in Newark, benannt nach dem Mann, der die Stadt im 17. Jahrhundert gegründet hatte.*

Einfach dahingesagt. Gedacht und aufgeschrieben. Keine Kunst, sondern das Leben. Ja. So macht man Bestseller.

Kann man so machen.

Seit Tagen war Corinna Löwi unruhig.

Den Namen würde sie später ändern.

Die Unruhe durchdrang ihren ganzen Körper, sie schwappte in Wellen, die vom Bauch ausgingen, über die Brust ins Gehirn. Auf Brust und Rücken hinterließen die Wellen Spuren, wie von der Berührung einer Feder. Zu schwach, um sie störend zu finden, zu stark, um sie ignorieren zu können, und sie musste sich kratzen, um den Schauder zu verwischen, der gerade über sie gekommen war. Doch die Unruhe verging nicht so einfach. Sie kam vom Gehirn zurück an den Punkt in ihrem Bauch, an dem Corinna ihre Eierstöcke vermutete. Im Gehirn hatte irgendeine Synapse die Wellen mit Bildern angereichert.

Okay, das hat jetzt nichts mit Korea oder mit dem 38. Breitengrad zu tun, aber warum auch, über Korea und den 38. Breitengrad ist ja schon alles gesagt, von Philip Roth. Sie ist ja nicht blöd. Und Zeit genug, sich über Geografie und Politik so richtig zu informieren, hat sie ja auch nicht, neben dem Beruf, dem Haushalt, der Familie. Etwas schreiben, womit man sich einfach auskennt. Und dann so schreiben wie noch keiner vor ihr.

Das mit den Wellen, das ist doch spannend. Was sind das für Wellen, fragt sich der Leser, er ahnt es natürlich, es sind Wellen der Wollust, aber wohin werden sie führen, fragt er sich. Er fragt es sich, und weil er die Antwort unbedingt wissen will, wird er weiter und weiter lesen – und sie muss ihn bei der Stange halten. Das wird die Kunst bei der Sache sein. Er wird das Buch nicht weglegen wollen. »Ich hab die ganze Nacht gelesen, ich konnte nicht aufhören«, wird er am nächsten Morgen im Büro erzählen und laut gähnen. Und dann wird er sagen: »Du musst dieses Buch lesen! Hörst du? Du MUSST!« Dann kommt der Geburtstag seiner Mutter. Und in diesem Jahr weiß er, was er ihr schenken wird. Was richtig Tolles, den Roman von Corinna Löwi. Die Mutter wird das Geschenkpapier aufreißen und sagen: »Toll! Davon hab ich schon gehört.« Und sie wird sich darauf freuen, dass die Geburtstagsgäste endlich gehen, damit sie mit dem Buch ins Bett gehen kann.

Die paar Sätze gingen schnell. Sie fragt sich: Wie lang ist so ein Buch eigentlich? Sie schaut bei Franzen nach, eher ein dickes Buch: 784 Seiten? Das ist übertrieben. Roth hingegen: 208 Seiten. Sie war immer die Beste im Aufsatzschreiben gewesen. Sie mochte den Deutschlehrer.

Gleich wird sie weiterschreiben. Es lief grade so gut, es flutschte richtig. Wörter wie »flutschen« wird sie vermeiden in ihrem Roman. Das beschließt sie jetzt, weil sie findet, dass ein Roman etwas ist, das schön sein soll und gut.

Sie muss vorher noch wissen, wie viel Text denn überhaupt auf so eine Buchseite passt. Sie googelt: »Buch Seite wie viel«.

Es gibt eine Buch-Standardseite.

Seitenränder oben und unten 2 cm, links 3, rechts 6,3. Schrift Arial 12, Zeilenabstand doppelt.

Sie hat schon eine halbe Seite fertig!

Sie nimmt den Taschenrechner.

Für eine halbe Seite hat sie 10 Minuten gebraucht. Sie

könnte so 200 Seiten schreiben, das wäre so viel wie Roth und weniger als Franzen.

200 mal 2 ist 400. 400 mal 10 ist 4000. 4000 durch 60 ist 66,666.

67 Stunden also. Wenn sie jeden Abend nach der Arbeit und am Wochenende auch nur eine Stunde am Tag schreibt, dann könnte sie in etwa 67 Tagen fertig sein.

Es waren nur Schemen, und Corinna konnte oder wollte nicht sortieren und erkennen, wen diese Bilder darstellten. Es waren Leiber, nackte Leiber. Fleisch und Haut und Haar. Einer davon war ihrer, aber das Bild des anderen schob sie weg, ehe sie Gesichter und Namen parat hatte.

Huch.

Das ist ihr jetzt irgendwie so passiert, sie will ja kein Sex-Buch schreiben, aber andererseits, dieses *Shades of Grey* war ja ein Welterfolg und wurde sogar verfilmt, das wäre schon gut, wenn ihr das auch passieren würde.

Man muss natürlich überlegen: Will man Liebling der Kritiker sein, oder will man Liebling des Publikums sein? Die meisten Bestseller sind Bücher, die die Leute mögen und die die Kritiker verreißen.

Am besten wäre natürlich beides. So wie Daniel Kehlmann, den mögen die Zeitungen, und der verkauft sich. Sie sucht bei Amazon, da steht: *Daniel Kehlmann erhielt schon in den ersten Jahren seiner Schriftstellerkarriere etliche der renommiertesten deutschen Literaturpreise, häufig gar mehrere in einem Jahr.*

Wär das schön!

Sie liest bei Wikipedia nach: *Sein Roman* Die Vermessung der Welt *wurde bei Kritik und Publikum zu einem der größten Erfolge der deutschen Nachkriegsliteratur.* Das schüchtert sie jetzt doch ein bisschen ein, vielleicht, denkt sie, weil in dem Satz das Wort »Krieg« vorkommt.

Wie ging eigentlich der erste Satz bei Kehlmann? Zurück zu Amazon: *Im September 1828 verließ der größte Mathematiker des Landes zum ersten Mal seit Jahren seine Heimatstadt, um am Deutschen Naturforscherkongress in Berlin teilzunehmen.*

In Berlin. Hier also. Der Erfolg ist also immer näher, als man gemeinhin meint.

Weiter.

Halt.

Es ist natürlich auch die Frage, was so passieren soll. In dem Buch jetzt. Könnte Corinna vielleicht ihren Mann verlassen? Nein, das ist nichts. Das ist zu profan, verlassen nicht alle irgendwann ihren Mann? Besser sterben. Sterben ist immer gut, dauernd stirbt jemand, im Fernsehen, in Romanen.

Also der Mann stirbt.

Vielleicht wird sie, nachdem ihr Mann tot ist, eine Domina? Das wäre doch gut. Sie verkauft sich und ihre Dienste, um die Familie durchzubringen. Da wäre dann alles drin. Sex und Tod und Liebe und Familie. Armut und Heldentum. Und Sozialkritik. Literaturkritiker lieben Sozialkritiker. Damit kann sie dienen. Sie hat die Kritiker durchschaut.

Doch erst mal die Figuren entwickeln. Noch lebt der Mann ja. Bernhard soll der heißen, wie ihr Mann. Nur nicht vergessen, den Namen zu ändern, ehe sie ihm das Werk zum Lesen gibt. Das »Werk«. Klingt das schön.

Bernhard Löwi, als hätte er einen speziellen Sensor für Attacken dieser Art, stellte Corinna sehr viele Fragen, wenn die Dinge sich bei ihr so verhielten wie gerade jetzt. Er war ein einfühlsamer Mensch, aber nicht einfühlsam genug, um zu begreifen, dass sie gern mit ihren Erregungswellen allein gewesen wäre und dass es ihm nicht gelingen würde, in diesem Zustand zu ihr durchzudringen. Sie war unerreichbar, jedenfalls für ihn. Corinna wollte allein sein. Sie stieg die Treppe nach oben, wo ihr Schlafzimmer lag, und verschloss die Tür hinter sich – am helllichten Tag. Für eine oder zwei Minuten wollte sie die Augen schließen. Das Schlafzimmer war ein Ort kühler Ruhe. Sie legte sich für einen Moment aufs Bett, damit sie wieder in Kontakt kam mit diesem fragilen Gefühl. Sie suchte in sich nach den Wellen, die sie peinigten, zugleich aber beglückten. Sie waren nicht weg. Das wusste sie aus langer Erfahrung.

Es wäre schön, wenn man auf Lesereise gehen könnte. Muss ja keine große Tour sein, vielleicht ein Dutzend Städte, gern auch Kleinstädte, gern auch im Osten. Sie wäre nicht abgehoben, sie würde Fragen beantworten und Bücher signieren, bescheiden. Sie würde alle gleich behandeln, Reporter von der Regionalzeitung genauso wie Schriftstellerkollegen.

Sie müsste sich natürlich erst mal neu einkleiden, in den alten Lappen kann sie nicht auf Lesereise gehen, vielleicht würde sie sich auch ein bisschen beraten lassen, denn man kauft ja ein Buch auch wegen seines Covers. Und im Klappentext, da wäre ihr Foto. Das schwarz-weiße, fünfzehn Jahre alt schon, aber egal. Oder noch mal investieren in einen Fotografen. Jim Rakete, was würde der wohl kosten?

In der Buchhandlung unten an der Ecke würde sie gern lesen. Sie stand schon ein paarmal dabei, wenn der Buchhändler einer Kundin einen Roman empfahl, er kann so schön loben, er sagt »Das müssen Sie lesen, Frau XY, eine wunderbar lebendige Sprache« oder »Der Autor zieht Sie ganz in seinen Bann. Ein tolles Buch für den Urlaub«. Vielleicht würde er sie ja kurz vorstellen, vor der Lesung: »Ich habe Frau Löwi schon oft hier im Laden gesehen, sie war jahrelang eine meiner besten Kundinnen. Und darum freut es mich besonders, dass ihr Buch so großen Erfolg hat. Und nun: Herzlich willkommen, Frau Löwi!«

Andererseits: Die Literaturkritikerin von der Zeit würde vielleicht auch noch ein paar Grußworte sprechen wollen, sie würde dann aus Hamburg angereist kommen, zu jeder Lesung, und nach und nach würden sie richtige Freundinnen werden, Literatur-Freundinnen: »Meine sehr verehrten Damen und Herren, Corinna Löwi erzählt eine sehr deutsche Geschichte, in der auch Sie sich vielleicht wiedererkennen werden. Es geht um ein Ehepaar, das ein wunderschönes Haus in Berlin bewohnt, und es geht um die alltäglichen Kleinigkeiten, man tut, was man so tut, wenn man verheiratet ist, und doch fehlt etwas in dieser alltäglichen Welt. Als dann der Mann stirbt, passiert natürlich, was passieren muss: Die Frau wird zur Domina. Das Ganze wird erzählt mit der Heiterkeit des Gescheiterten und der Koketterie des Befreiten. Es ist eine wunderbare Innenaufnahme aus dem Gefühlskosmos der deutschen Mittelschicht.«

Sie würde dann vorlesen, ganz bescheiden und ohne Spektakel, sie würde sich nie wie Reinald Götz mitten im Text die Stirn aufschneiden und dann einfach aufs Buch bluten, sie würde lesen und direkt danach nach Hause gehen, man würde sagen: Corinna Löwi meidet den Literaturbetrieb.

Corinna.

Löwi.

Meidet.

Den.

Literaturbetrieb.

Corinna Löwi, ein zweiter Thomas Pynchon.

Sie musste sich nur auf die verdächtigen Stellen ihres Körpers konzentrieren: auf den Bauch – dort, wo er am tiefsten ist, oder auf die Stelle in ihrem Gehirn, an die sie vorhin die Bilder mit den nackten Leibern geschoben hatte. Es brauchte gar nicht viel, um den Kreislauf wieder in Gang zu setzen, wenn sie einmal die Stelle ausgemacht hatte, an die die Erregung sich zurückgezogen hatte. Sogleich begannen die Wellen wieder zu wandern. Sie rieselten in wohligen, aber unkontrollierbaren Schwallen von der Mitte des Körpers herab bis zu den Beinen, bis in die Spitzen ihrer Zehen, die dann zu kribbeln anfingen wie ein in der Hand gefangener winziger Meeresfisch.

Am besten gefällt ihr das mit dem Meeresfisch, das ist so lebendig. Davon braucht man mehr, besondere Bilder, aber die werden schon kommen.

Corinna gehörte zu den Frauen, die der festen Überzeugung waren, dass die Lust zwischen Männern und Frauen ungerecht aufgeteilt war. Sie sah die Lust tagtäglich in Bernhards Augen, und manchmal verachtete sie ihn dafür, dass er immer, immer,

immer wieder Lust hatte, mit ein und derselben Frau zu schlafen, mit ihr. Nichts wäre in diesem Moment leichter gewesen, als sich den Orgasmus, den sie sich jetzt so sehnlich wünschte, bei Bernhard abzuholen. Bernhard hielt Orgasmen zuhauf bereit für sie.

Es ist Wahnsinn! Wie leicht ihr das alles fällt. Das könnte sie auch in Talkshows sagen, sie könnte sagen: Ich schreibe so unheimlich gern, ich bin so dankbar, wenn ich Zeit dafür finde, das hat Bernhard Schlink mal bei Maischberger gesagt, aber sie könnte es noch besser sagen, lässiger. Vielleicht sogar mit Botschaft. Weltfrieden. Nein, besser: Kapitalismuskritik. Diese schlimmen Unternehmen und was sie aus uns Menschen machen. Im Fall ihres Buchs: Dominas. Tolles Thema.

»Frau Löwi, Sie sind eigentlich Pförtnerin. Wie kamen Sie dazu, ein Buch zu schreiben?«

»Ach wissen Sie, ich war einfach nicht ausgelastet, also geistig. Ich saß da, zehn Stunden am Tag, ich sah die Menschen durch die Drehtür gehen. Ich sagte ›Guten Morgen‹ und ›Mahlzeit‹ und ›Schönen Feierabend‹, aber es hat mich nicht erfüllt. Ich war Teil einer Maschine, da war nichts Menschliches. Ich hörte auf, ›Guten Morgen‹ und ›Mahlzeit‹ und ›Schönen Feierabend‹ zu sagen, und begann mein Buch zu schreiben. Und es hat nicht mal jemand gemerkt.«

»Hatten Sie denn literarische Vorbilder?«

»Nein, also, ich halte nichts von Vorbildern. Man muss mit dem Herzen schreiben. Es muss einem ein Anliegen sein. Wer kann denn die Welt verändern, wenn nicht wir Schriftsteller?«

Corinna war anders als Bernhard. Sie verachtete nicht nur sein permanentes Wollen und Können, sie verachtete auch sich selbst für ihr permanentes Sehnen und Wünschen. Sie verachtete sich dafür, dass sich ihr Sehnen und Wünschen auf unidentifizierbare Leiber richtete, nicht aber auf ihren Ehemann. Sie riss sich aus der kurzen Trance und ging nach unten. Sie wollte Bernhard nicht länger quälen, als notwendig war. Sie riss sich zusammen, denn sie mochte Bernhard wirklich sehr. Sie liebte ihn. Sie waren nun schon seit vierzehn Jahren ein Paar, und nichts hätte ihre Loyalität ihm gegenüber erschüttern können. Nie würde sie ohne ihn sein wollen. »Ich mach uns Lachs«, sagte sie.

In einer halben Stunde ist es zehn Uhr, und sie hat Feierabend. Dann kann sie gehen.

Sie wird das Buch »Wellen« nennen, dann könnte man ein paar Wellen auf dem Cover zeigen, das könnte sehr hübsch aussehen. Speichern unter, Name: »BuchEins«.

Paul T. Müller, Angestellter Controlling

Du wachst auf und du denkst, dass du zu viel geschlafen hast. Oder gar nicht. Du weißt, ohne die Augen zu öffnen, wo du bist, denn du erkennst die Vögel. Du fragst dich, ob das Gepiepe schon immer so aggressiv klang. Oder bist du einfach nur älter geworden?

Du gehst durch den Sommer, du lässt dich streicheln, das ist gut, davon willst du mehr, aber du spürst bald die Klimaanlage, die sich an dir abarbeitet, dich kalt macht, mit viel Mühe, und du arbeitest dagegen, du willst warm sein, und so kämpft ihr, bis du verlierst und dir deine Jacke anziehst.

Du kommst an deinen Schreibtisch, da sitzt jemand. Offensichtlich arbeitet er, er hat Kopfhörer auf, erstellt Tabellen mit Excel. Er ist sehr schnell, du stellst dich direkt hinter ihn und siehst ihm zu. Er ist nicht nur sehr schnell, er ist sehr, sehr schnell, denkst du, und auch: Wer ist das?

Die anderen sitzen an ihrem Platz, als sei nichts. Niemand scheint dich zu sehen, auch der Fremde nicht, aber du siehst ihn, er ist Asiate mit einer schönen Haartolle. Wahrscheinlich kommt er nicht aus Nordkorea, du hast darüber gelesen. Du hast gelesen, dass in Nordkorea für Männer nur fünfzehn verschiedene Haarschnitte erlaubt sind, und die Fotos zu der Geschichte zeigten keinen mit Tolle. Nordkoreaner ist er also nicht, vielleicht aber Südkoreaner oder Chinese oder Japaner, das weißt du nicht, bist du Rassist?

Du spürst ein leichtes Unwohlsein. Dir ist fast schlecht, nicht so schlecht, als müsstest du dich übergeben, mehr so, als müsstest du dich setzen. Du kannst dich nicht setzen, denn da sitzt er. Du greifst über den Asiaten hinweg nach dem Hörer, ihm scheint das egal zu sein.

»Hier sitzt ein Mann auf meinem Tisch«, hörst du dich sagen. – »*An* Ihrem Tisch, meinen Sie, *an* Ihrem Tisch«, sagt sie, und du sagst: »Ja, er sitzt an meinem Tisch.«

Du wartest, und der Mann schließt unterdessen drei Statistiken ab.

Als sie kommt, denkst du: Warum muss sie so profan aussehen, warum kann man sehen, wer Mutter ist?

»Was macht der Mann hier an meinen Tisch?«, fragst du sie. Du hast deine Tasche noch in der Hand.

»Müller, das ist Gung«, sagt sie, ganz schmallippig, das nervt dich, du möchtest sie schlagen, mitten ins Gesicht, dann wäre sie großlippig, das würde dir gefallen.

Du denkst außerdem: Gung? Was ist Gung für ein Name, ist das ein Vorname, ein Nachname, beides? Doppel-Gung, gar Triple-Gung? Gung Gung Gung aus Gung. Seine Spezialität: Gung. Seine Frau: Gong. Gong Gung Gung, ebenfalls aus Gung, sie ist Teil einer Gang in Ging. Du bist rassistisch, und es ist dir egal.

»Meinetwegen, aber was macht der hier«, sagst du, du wolltest es fragen, aber deine Stimme bleibt unten am Ende des Satzes.

»Den Gung, den haben wir eingestellt.«

Dir wird schwindelig. Eingestellt, natürlich, sonst würde er ja nicht da sitzen und arbeiten, das weißt du, und auch, dass du in letzter Zeit nicht du selbst warst, du warst müde. Manchmal hast du dich auf dem Klo eingeschlossen, einfach nur, um deinen Kopf zwischen die Hände nehmen zu können, deine Gesichtshaut über den Schädel zu reiben und einen kleinen Schluck zu trinken, nur einen kleinen, aber das ein paarmal am Tag, das weißt du.

»Aber warum sitzt Gung an meinem Platz.« Du sagst es wieder, ohne zu fragen, vielleicht etwas zu leise.

Sie sagt: »Der Gung wird jetzt deine Aufgaben übernehmen. Wir müssen dich von der Arbeit freistellen, wir werden dann weitersehen, du kannst jetzt sofort nach Hause gehen, Paul, und wir melden uns dann, ja?«

Ja. Moment. Ja? Du denkst natürlich: nein! Denn du arbeitest hier. Du hast eine Idee und fühlst dich sofort besser.

Du sagst: »Aber kennt sich der denn aus? Ich meine, ist der denn Mathematiker wenigstens, hat der schon mal 'ne Ableitung gemacht, ich meine, bisschen an Excel spielen kann jeder, aber KANN der das auch wirklich?« Dann fällt dir das Beste ein: »Kann der überhaupt Deutsch?«

Sie sagt, du sollst nicht dumm sein, natürlich spreche er kein Deutsch, er sei Chinese, er spreche Chinesisch, und du denkst: bingo. Du sagst: »Ich will dir nicht zu nahe treten, aber wie soll er hier arbeiten, wenn er gar kein Deutsch spricht? Hier spricht doch niemand Chinesisch, oder?« Du rufst das in den Raum, aber keiner blickt auf, als seist du dein eigener Geist. Die Decke kommt dir noch tiefer vor als sonst, sie ist eh so tief. Du weißt: Das hat einerseits optische Gründe, denn der Teppich ist dunkelblau, so was kann einen Raum verkleinern, das hat dir deine Frau ins Hirn graviert.

Bei dir zu Hause muss alles weiß sein. Wenn du fragst, warum ist hier alles weiß (ohne Fragezeichen), sagt sie: Das ist Eierschale.

Wo bist du stehen geblieben? Ah ja, andererseits. Andererseits liegt das an der Klimadecke. Die Decke ist niedriger als die eigentliche Decke, also die aus Beton. Zwischen der weißen Metalldecke mit den kleinen Löchern und der Betondecke sind die Leitungen und Rohre, das hast du mal gesehen, als Handwerker kamen, um die Rohre zu warten, sie haben die Löcherdecke in Vierecken abmontiert, und darunter sahst du die Adern und Venen des Hauses, blaue Rohre, kleine silberne und schwarze, dazwischen Kabel, zusammengefasst zu armdicken Strängen.

Du hörst, wie Miriam spricht. Er müsse kein Deutsch können. Sie sagt, du könntest für ihren Geschmack vielleicht sogar ein bisschen zu viel Deutsch, sie nennt dich Paul. Sie sagt, dass du immerzu reden wolltest, *Können wir das nicht so machen? Wäre es nicht besser, wir würden das neu machen?* Sie sagt: »Lieber Paul, er kann genau so viel Deutsch, wie er Deutsch können muss für diesen Job, er kann kein Wort, aber er kann Zahlen. Zahlen, lieber Paul, Zahlen sind nämlich die universellste Sprache der Welt, Zahlen kann jeder, und er kann sie besonders gut, denn er ist Mathematiker, und er hat seinen Abschluss an der Universität Bejing schon mit fünfzehn gemacht. Er, lieber Paul, kann das, was du nicht kannst, nämlich einfach mal *schweigen* und sich mit den Zahlen beschäftigen, und das, lieber Paul, ist das, was wir hier brauchen – Leute, die Zahlen lieben.«

Du hältst die Luft an.

»Peking.«

Sie sieht dich an, du lächelst, das denkst du jedenfalls, vielleicht verziehst du auch nur dein Gesicht, du siehst dich nicht von außen, das hat dich schon immer gestört. Du sagst: »Peking, man sagt Peking. Es sei denn, man ist Chinese, dann sagt man Bejing.«

»Meinetwegen, Paul, dann heißt es Peking, jedenfalls ist er einer der besten Mathematiker Pekings.«

Du hörst sie das sagen, und plötzlich schämst du dich. Du hast deine Tastatur, jetzt seine, ganz dreckig hinterlassen. Du würdest ihm gern sagen: Gung, die Putzfrauen in diesem Haus sind nicht gerade die saubersten, die saugen nur da, wo es unbedingt nötig ist, niemals unter den Schreibtischen, die wischen nie auf den Schränken oder auf den Fensterbänken. So kam das nämlich, dass auch du nachgelassen hast, *Broken Window* nennt man das. Das bedeutet, wenn in der Nachbarschaft ein eingeschlagenes Fenster nicht repariert wird, dann werden bald alle Schreiben eingeschlagen, und so geschah das mit der Tastatur. Du kannst es aber nicht sagen, denn Gung spricht ja kein Deutsch. Da müsstest du schon eine Zahlenkolonne programmieren, die er dann decodieren könnte, und da würde dann stehen: Lieber Gung, ich habe saubere Hände, und die Tastatur ist nur so dreckig, weil ich mich von dem Dreck hier auf dem Flur habe anstecken lassen. Okay, Gung?

Du denkst: Gung ist ein netter Mann. Schöne Finger. Er tippt links mit dem Mittelfinger und rechts mit dem Zeigefinger, so schön ist das. Du faselst mal wieder in Gedanken.

Du fragst sie, warum genau du gehen musst, du sagst, du möchtest bleiben. Und sie sagt: »Paul. Das weißt du doch.«

Du weißt es nicht, und du schüttelst den Kopf. »Nein, nein, das weiß ich nicht.«

»Du weißt es.«

Du weißt es. Sie haben es rausgefunden. Du hättest es nachholen können, an der Abendschule, du hättest es schnell gehabt, du hast Mathematik studiert, es wäre eine kleine Sache gewesen für dich, ein Monat, höchstens, aber du hast es nicht getan, weil du dachtest, dass du das gottgegebene Recht hast, du selbst zu bleiben.

Du hörst sie sagen: »Paul, wir können niemanden beschäftigen, der kein Abitur hat.«

Du hast kein Abitur, und der Gung kommt aus Bejing. *There are nine millione bicycles in Bejing.*

Dir fällt ein: Du musst dringend zur Hochzeit, und du hast die Rede noch nicht geschrieben.

Du gehst abschiedslos in Richtung Fahrstuhl, die Löcherdecke ist in Teilen weg. Anscheinend waren gerade Handwerker da und operieren wieder das Haus, komisch, war das auf dem Hinweg schon da gewesen?

Im Fahrstuhl: Handke und Krachtmann.

Du denkst, dass du das nicht verdient hast, Krachtmann riechen müssen, Handke hören müssen.

Was wäre eigentlich, wenn du ein Hummer wärst, im Wasserbecken eines mediterranen Restaurants? Kurzsichtig, mit Stielaugen, die man nicht drehen kann, jeder kann nur bis zur Schere des Nachbarmanns sehen, alles krabbelt übereinander, untereinander, Hummer-Orgie. Irgendwo hinter der Scheibe säßen Menschen, die dich anstarren und dich essen würden. Du gewinnst nur, wenn du mutiert bist, ein Hummer mit fünf Scheren, ein Kernkraftwerkhummer, den keiner will.

Du bist so tiefsinnig heute.

Du denkst: Ich will Handke würgen.

Handke hat Abitur, wahrscheinlich. Handke hat sicher auch studiert und erzählt bis heute wahrscheinlich jedem, dass *er gut und gerne eine wissenschaftliche Laufbahn hätte einschlagen können, aber dass er sich für die freie Wirtschaft entschieden hat, weil man da mehr verdient und mehr bewirken kann.*

Du stellst dir vor, wie Handke Kollegen zu sich nach Hause einlädt, zum Grillen, und dann stundenlang Monologe hält, zu Syrien, der griechischen Antike. Den grundguten Gung würde er natürlich nie zu sich bitten, aber die Chefs, Schaaf und möglicherweise gar Meyer, und er würde sich in ihren Blicken sonnen.

Haben sie überhaupt ›Guten Morgen‹ gesagt, als du eingestiegen bist?

Du weißt es nicht mehr.

Würde Handke ähnlich sehen, NICHT ›Guten Morgen‹ zu sagen, denkst du. Du wirst böse.

»Handke?«

»Ja, Müller?«

Er ist nicht mal irritiert, dieses Schwein, der denkt wohl, dass du sein Fan bist, bist du aber nicht.

»Sag mal Handke, wie viel ist 1435 durch 23?«

Damit hat er natürlich nicht gerechnet, das weißt du,

und es macht dich froh. Das war auch keine ganz leichte Frage, denn das geht nicht ganz auf, die Antwort ist 62 Komma irgendwas, aber so weit wird Handke nicht kommen.

»Was redest du denn da, Müller?«, fragt Handke.

»Ja, was red ich da?«, äffst du ihn nach.

»Das war die Frage, ja.«

»Also weißt du es nicht?«

»Was weiß ich nicht?«

»Was 1435 durch 23 ist?«

»Nein, aber ich weiß auch nicht, wieso ich das wissen soll. Wir stecken hier im Fahrstuhl fest, und du willst wissen was 1400 durch 23 ist, das ist doch total irre. «

»1435 durch 23.«

Du denkst: Das weiß das Schwein nicht, Abitur hin oder her, du hörst, wie Krachtmann dich fragt, ob alles in Ordnung ist, und wie Krachtmann sagt, dass du schwitzt, aber du weißt nicht, ob du schwitzt, und es ist dir auch egal. Du brüllst. »Nichts ist los. Was soll los sein? Ich hab einfach Handke gefragt, ob er mir sagen kann, was 1435 durch 23 ergibt. Ich versteh nicht, was daran so schwer zu verstehen sein soll. Ich versteh nicht, wieso man Leuten immer die allereinfachsten Sachen erklären muss. So tut sich nichts in der Welt, wenn immer jemand fragt *warum?* Es gibt kein Warum.« Du kommst etwas außer Atem, aber du hast nicht vor, dich von der Straße abdrängen zu lassen. »Also ich sage euch mal was. Ich war beim Militär. Wenn man da gesagt bekommt, geh da- und dahin, dann fragt man nicht *warum?*, dann geht man da- und dahin und tut, was es da zu tun gibt. Wäre Gott bei der Erschaffung der

Welt so oft gefragt worden *warum?*, wäre er zu nichts gekommen. *Warum brauchen wir Tiere? Und Pflanzen? Können wir nicht auf die Pflanzen verzichten? Und sag mal, Licht und Dunkel, muss man das unbedingt trennen? Kann man das nicht auch mischen? Und warum Mann und Frau? Warum nicht Mann und Hase? Oder Frau und Biene?*« Du brauchst Luft. »Also, ich fordere dich jetzt noch einmal auf, mir zu sagen, was ist 1435 durch 23?«

Zack. Deine Hände umklammern Handkes Hals. Du drückst zu, das ist ziemlich schwer, das hättest du gar nicht gedacht, der Feigling strampelt, kräftig, der kleine Feigling, aber du wirst dagegenhalten, du hast kräftige Hände, schon immer gehabt. Der Feigling fuchtelt weiter.

Du denkst, da stimmt was nicht, und siehst nach, und du siehst: Handke atmet durch Kiemen!

Zu dumm, dass du die erst jetzt siehst, Kiemen an der Seite des Halses, grüne Kiemen, die sich öffnen und schließen wie der Mund einer fleischfressenden Pflanze, die seine Hände verschlingen will. Du siehst, dass der Feigling triumphieren wird, und rufst: »Krachtmann, hilf mir mal!«

Krachtmann stellt sich hinter dich und umfasst dich mit langen Armen, und du rufst: »Halt seine Kiemen zu!«, und Krachtmann ruft: »Ja!«, und die dreckigen Finger mit Halbmonden aus Dreck legen sich über deine Hände und die Kiemen Handkes.

Du hast keine Hose an.

Du bist dir sicher, dass du mit Hose aus dem Haus gegangen bist. Du dachtest zwar nicht aktiv: Ich gehe aus dem Haus und ich habe eine Hose an, aber du warst dir dennoch sehr sicher.

Die Fahrstuhltür ist offen. Du läufst durch die Eingangshalle und dann auf den Vorplatz, so schnell du kannst: Warum sind meine Beine so schwer? Du hast vergessen, dass das Gelände ein Sumpf ist. Du willst nicht versinken wie Atrejus Pferd in *Die unendliche Geschichte*, im Sumpf der Traurigkeit ersoff dieses Pferd. Du denkst: Lauf!

Aha!

Immer wenn du dich richtig stark von der Erde abstößt, kannst du ein kleines Stück fliegen. Du landest natürlich schnell wieder auf dem Boden und musst dich dann wieder abstoßen, aber du kommst vorwärts. Du denkst: Ganz schön heiß hier, war es vorhin schon so heiß? Du drehst dich um. Warum brennt das Haus?

Du denkst an Gung, die Augen werden feucht, das Herz auch. Freundlicher Gung. Unschuldiger Gung.

Gung gung gung, Gung summt herum.

Du stößt dich ab und fliegst durch das Fenster zu ihm, du greifst ihn wie im Rettungsschwimmkurs, und du schwimmst mit ihm auf die Wiese. Das Hochhaus brennt schön, und Tausende Käfer, kleine sechsbeinige Freunde, fliegen auf das Haus zu, direkt ins Feuer. Der ganze Himmel voller Käferchen. Und du nimmst einen Hühnerschenkel von der Picknickdecke und isst ihn, während du dem Haus beim Brennen zusiehst.

Du denkst an die Zeilen eines Gedichtes, das mal ein Freund von dir geschrieben hat: *Und die Sonne versinkt im See, tut das dem See denn nicht weh?*

Als du aufwachst, hast du schrecklichen Durst. Du liegst unter deinem Schreibtisch, wo du dich nur kurz ausruhen wolltest. Es riecht verbrannt.

Betti Neumann, leitende Justiziarin

Das Mädchen sieht sich oft von außen. Ein Mädchen, das wartet. Manchmal, wenn es allein ist, leckt es ein bisschen über die eigenen ganz glatt lackierten Nägel, um nicht an seinen Haarspitzen zu kauen, was es früher immer getan hat, wenn es warten musste.

Weil es nicht mehr Haare kaut, scrollt es mit der Maus auf und ab, als sei seine Timeline ein Code, den es zu entschlüsseln gilt, als gäbe es dahinter ein Großes und Ganzes, das die Welt im Innersten zusammenhält.

Angeber, Poser, Esser, Liebende, Urlaubende und Wissende. Und dann ist da noch das Mädchen selbst, das jedes Video anklickt und jeden Link anschaut, Stunde um Stunde, und das selbst niemals etwas postet, aus Angst, dass es niemand likt, denn das würde nicht zu seiner Geschichte passen. Und während es das Rad dreht und dreht, wird das Licht im Büro langsam weniger, denn erstens geht die Sonne unter, und zweitens sind die Bewegungsmelder im Büro nicht empfindlich genug, um Scrollen als menschliche Präsenz erkennen zu können. Wenn man nicht geht, steht, winkt oder tanzt, ist man auch nicht da. Würde das Mädchen aufstehen, würde es wieder hell werden. Aber es wartet.

Es gibt so einen Typ, den sieht sie nur manchmal im Fahrstuhl, sie nicken sich zu, wie Fremde im Fahrstuhl sich eben zunicken, und dann denkt sie, ich kenn dich gar nicht, aber ich weiß viel von dir: Du bist mit einer blonden Frau verheiratet, und du hast ein Kind, und du hast die Kita-Eingewöhnung gemacht. Geheiratet hast du in New York, und du bist HSV-Fan und dein Sohn auch schon, obwohl der erst ein Jahr alt ist, und ihr seht alle sehr glücklich aus auf den Fotos.

Das Mädchen ist am Wochenende mit seinem Freund beim Fußball gewesen. Der Freund spielt in einer Herrenmannschaft, und einmal im Jahr spielt diese Herrenmannschaft gegen andere Herrenmannschaften. Es ist fair, alle werden älter, und wenn man sich vor vier Jahren noch mit guten Knien und gesunden Herzen getroffen hat, so kann es jetzt sein, dass jemand humpelt oder im Tor stehen muss.

Natürlich brachte eine Mannschaft junge Spieler mit. Sie behaupteten, sie würden jetzt immer mit ihnen trainieren, es waren Franzosen. Das wiederum regte alle anderen auf.

Die Franzosen blieben, denn die Mannschaften waren allesamt »Künstlermannschaften«: Bildhauer gegen Filmemacher, Lyriker gegen Theaterleute, und in solchen Kreisen gibt man sich gern tolerant.

Ein dicker Mann, das merkte das Mädchen über die Jahre, schien bei diesen Turnieren das Sagen zu haben. Er überreichte am Schluss stets den Pokal, und er sah überhaupt sehr wichtig aus, und dieser Mann verstand sich immer schlechter mit seiner Frau, bis er sie im letzten Jahr mitten im Spiel anschrie.

Sie hatte vom Seitenrand gerufen.

»Hans, lass dich doch mal auswechseln.«

Er hörte nicht.

»Hans! Hörst du mich?«

Er lief näher an den Seitenrand, ohne den Ball aus den Augen zu verlieren.

»Was ist?«

»Lass dich mal auswechseln, du siehst schon ganz rot aus.«

Er schrie dann, ganz ernsthaft: »Halt dich da raus, du Fotze!«

In diesem Jahr waren sie zu viert gekommen, sie hatten zum ersten Mal die Kinder mitgenommen, zwei, so etwa zehn und zwölf, und sie hatten sich gut verstanden, ganz wunderbar sogar, und das Mädchen verstand die Welt nicht mehr.

Daran denkt es nur, weil jemand Bilder von dem Turnier gepostet hat.

Als er kommt, geht das Licht an, und das Mädchen nimmt die Tasche und geht ihm entgegen.

Es ist schon ein Ding, dass er es einfach so abholt, von seinem Schreibtisch.

Sie lassen das Haus hinter sich, das die meisten Menschen schon ausgeatmet hat, die Arbeiter, die Angestellten, die kleinen Seelen aus den noch kleinen Waben, die tippende Pförtnerin. Zurück bleibt ein halbdunkles Skelett mit vielen toten schwarzen Punkten, und sie fahren ins Licht, wo man ohne Bildschirme isst und trinkt.

Sie haben kein Zuhause, sie können nirgendwohin, sie müssen nirgendwo sein.

Das Mädchen ist lustig, nur für ihn.

Das Lokal ist eine Pizzeria, in der die Frauen mit ›Principessa‹ angesprochen werden und die Männer mit ›Dottore‹ oder ›Professore‹. Sie waren schon oft da, denn es ist nicht bei ihm in der Nähe. Das Mädchen hat gestern den Film *Das Herz ist ein dunkler Wald* gesehen, den es eigentlich todtraurig fand und für ihn superlustig nacherzählen kann. Es würde lieber mit ihm auf einer Bank sitzen, am liebsten auf einer Bank an einem strömenden Gewässer, einem Fluss oder Bach, und ein bisschen mit ihm glotzen oder Steine werfen, aber sie sitzen hier, weil man das so macht, man geht essen.

Das Mädchen erzählt ihm von den unteren Etagen, das mag er, von dem Privatleben der Leute und wie sie sich geben, wenn er nicht dabei ist. Wer faul ist, zum Beispiel, also die Lenkewitz, die sich immer weigert, Dienstreisen zu buchen, und für manche Kollegen die schlimmsten Hotels bucht, nur weil sie ihr nicht ›Guten Morgen‹ gesagt haben.

Oder der Kunckel, dessen Frau depressiv sein soll, das sagt er nicht, aber man hört, wie er sie anruft. Nun mach doch mal das. Nun tu doch mal jenes. Willst du nicht mal Claudia anrufen oder Doktor Vogel?

Selbst das kann sie so erzählen, dass es lustig klingt.

Oder die Waldmann, die irgendwie körperbesessen ist, aber so toll sieht sie ja nun auch wieder nicht aus, und man hört, dass alles immer nachgebessert werden muss, was sie macht.

Das Mädchen erfindet keine Märchen, es schmückt höchstens mal ein bisschen aus. Es macht aus etwas real

Existierendem etwas Größeres, es gibt einem Diamanten eine Fassung.

Das Mädchen selbst sitzt tagsüber meist mit Kopfhörern da, es sieht sehr beschäftigt aus. Manchmal riecht es am eigenen Unterarm, es liebt die Unterseite über dem Handgelenk, wo die Haut weich und weiß ist. Es zieht sich immer ganz sportlich an, damit niemand darauf kommen kann, dass es sich an den Chef ranmacht. Es läuft in Fleecejacke und Turnschuhen durch die Flure, aber das macht nichts, alle haben sich dran gewöhnt, dass man auch als Aufsteigerin so wie sie aussehen kann.

Das Mädchen hat in letzter Zeit begonnen, Märchen zu lesen, auch auf der Arbeit, im Internet, denn seit es Karriere gemacht hat, hat es eher weniger zu tun als zuvor.

Es mag »Brüderchen und Schwesterchen«. Das hatte es früher auf Schallplatte. Brüderchen und Schwesterchen laufen weg, vor der Stiefmutter. Die vergiftet alle Brunnen und Quellen im Wald, Brüderchen verwandelt sich in ein Reh. Schwesterchen lernt einen Prinzen kennen, und die Stiefmutter gönnt ihr das Glück nicht und tötet sie. Der Prinz merkt nicht, dass nachts nicht mehr seine Frau bei ihm liegt. Doch sie erscheint ihm: »Was macht mein Kind? Was macht mein Reh? Nun komme ich noch zweimal und dann nimmermehr.« Und eine Nacht später: »Was macht mein Kind? Was macht mein Reh? Nun komme ich noch einmal und dann nimmermehr.« Und in der letzten Nacht erkennt er sie, er spricht sie an, und sie erwacht wieder zum Leben.

Manchmal spaziert das Mädchen zum Märchenbrunnen im Volkspark Friedrichshain. Da gibt es eine Skulptur,

Schwesterchen füttert das Reh, beide ganz in Weiß, unschuldig.

Draußen vor dem Fenster ist die ganze Terrasse voll mit Menschen. Er will lachen, das weiß das Mädchen, und er will Widerstand, er will nicht, dass es einfach ist oder ihm nach dem Mund redet. Das Mädchen soll ganz es selbst sein, sich nicht für ihn verstellen, also muss es sich so verstellen, dass er nicht merkt, dass es sich verstellt.

Gestern lag das Mädchen lange wach. Nein, falsch, es lag nicht lange wach, es schlief früh ein, und es wachte mitten in der Nacht auf. Es ging wie Sterntaler im Nachthemd auf den Balkon, und um vier Uhr nachts war es sehr ruhig auf der Straße. Das Mädchen wohnt in Prenzlauer Berg, in einem der letzten unrenovierten Häuser dort, ein alter Baum im Wald aus Stein. Das Mädchen schloss die Augen vor dem Mond, als wollte es sich in ihm sonnen. Im Bett lag der Freund, der immer nach Kindern fragt, aber wie soll das Mädchen jetzt ein Kind bekommen, dann wäre alles vorbei und kein Happy End, nirgends. Das Mädchen schloss die Balkontür von innen und setzte sich mit dem Laptop auf die Couch.

Bilder von Sonnenuntergängen, der letzte schöne Tag im Sommer, Biergarten, Cartoon (»Probleme eines intellektuellen Paars. Er: Wollen wir mal wieder ausgehen? Sie: Wovon?«). Das Mädchen holte seinen Laptop und schrieb in seinen Status: »Love is all we need«. Es probierte, wie ihm dieser Status steht, und löschte diesen, bevor es dort für immer steht, lächerlich und klein.

Im Restaurant wird es dunkel, dunkel genug, um Dinge zu sagen, die man bereuen kann, aber erst mal redet er. Er sagt, dass morgen ein großer Tag ist und dass das Mädchen sich keine Sorgen machen soll, dass er für es sorgen wird, dass er für es da sein wird, dass es alles, was morgen passieren wird, gar nicht betrifft, dass die Karriere des Mädchens sicher ist. Es betrifft nur die Faulen und die Irren, sie werden entfernt wie faule Zähne. Das Mädchen hört nur halb zu. Es versucht, die letzte Nudel auf die Gabel zu wickeln. Es sieht ihn an und fragt in seinen Monolog hinein: »Was ist das jetzt eigentlich mit uns?«

Und an seinem Gesicht sieht es: Das hätte es besser nicht gefragt.

Andrea Schaaf, stellvertretende Vorstandsvorsitzende, Teil II

Um neun Uhr abends singt der Halsbandschnäpper, ein Friedhofsvogel, er nistet in den Bäumen zwischen den Toten.

Trüh ziit tru sidi, dann ein lang gezogenes *iiih*.

Nach dem Halsbandschnäpper singt keiner mehr bis zum nächsten Morgen, die Vogelstimmenuhr hat einen Lichtsensor. Im Dunkeln geht sie zwar noch, aber sie macht nichts mehr, die Vogelstimmen schaltet sie stumm. Bis sechs, wenn es wieder hell wird, dann kommt die Nachtigall.

Die Uhr hat schon viele durcheinandergebracht, sie sitzen auf dem Stuhl vor ihrem Schreibtisch. Das Großvaterfoto sehen sie vom Besucherstuhl aus nicht. Er schaut sie direkt an, aber sie sehen nur die Rückseite des Rahmens. Sie bestellt sie gern zehn Minuten vor der vollen Stunde ein. Um neun pfeift dann der Halsbandschnäpper, um zehn die Singdrossel und um elf die Mönchsgrasmücke. Dann fahren sie ein bisschen zusammen vor Schreck. Sie drehen sich um in Richtung Fenster, hinter dem aber kein Wald ist, sondern nur Stadt. Manche sehen auch in Richtung Tür, denn der Vogelwecker steht neben der Tür auf dem Sideboard. Sie sagen: Ich dachte gerade, hier wäre ein Vogel. Dann lachen sie über ihre eigene Dummheit. Sie schauen wieder zurück. Auf sie und das scheußliche Bild hinter ihr. Sie sieht sich das genau an, wie sie sich schämen. Ein Vogel. Hier. Im Hochhaus.

Das Ding hinter ihr ist hässlich. Sie ist froh, dass sie hinten keine Augen hat. Die Firma steht auf teure Kunst. Die Firma hat Unmengen ausgegeben für hässliche Bilder und noch hässlichere Skulpturen. Eigentlich findet die Firma eher Geld schön, und Kunst ist ihr egal. Aber Kunst auszustellen gehört sich ja heute für ein erfolgreiches Unternehmen. Und für die Manager erfolgreicher Unternehmen gehört es sich, beim Anblick moderner Bilder den Kopf schräg zu legen und irgendwie nachdenklich oder wissend zu gucken.

Sich Kunst an die Firmenwände zu hängen geht eher, als sich Geld an die Wand zu hängen. Kunst kann man außerdem von der Steuer absetzen. Und sie beweist die Feinsinnigkeit des Besitzers. Interessant, denkt sie, dieser Drang der Grobschlächtigen, feinsinnig wirken zu wollen. Die Firma und ihr feiner Vorsitzender. Ein Metzger im Ballerinakleidchen.

Man erkennt an der Kunst, wie profitabel ein Unternehmen ist beziehungsweise wie profitabel es mal war oder auch, wie profitabel es gern wäre. Früher hing nichts herum, kein Acryl, kein Öl. Heute schämt sie sich für die Firma, manchmal.

Sie weiß gar nicht, warum sie immer die »Firma« sagt, wir sind ja nicht in den Achtzigern, aber sie tut es. Die »Firma« also, sie hat einen Kunstfimmel.

Das Ding hinter ihr ist ein Vogel auf gelbem Grund. Es

nervt sie, dass er falsch rum hängt, mit dem Kopf nach unten. Sie weiß, dass der Künstler das immer so macht, und sie würde gern Folgendes wissen: Malt er erst richtig rum und dreht dann das Bild? Oder malt er es von Anfang an falsch rum? Es nervt sie auch, dass sie sich das fragt. Sie weiß genau, dass alle sich das fragen und dass der Typ vermutlich aus diesem einen Grund alles falsch rum malt, damit die Leute sich fragen, wie er es malt – richtig rum oder falsch rum.

Morgen wird sie fünfzig. Es ist vielleicht ein Zeichen, dass alles zu Ende geht, wenn sie offiziell alt wird, zu alt, um noch ein Kind zu bekommen, und zu alt, ums noch wirklich bis ganz nach oben zu schaffen.

Sie öffnet ihr Postfach und schreibt.

Betreff: Mitarbeiterinformation! Wichtig! Vertraulich!

Liebe Kolleginnen und Kollegen,
es ist gute Tradition in unserem Haus, dass ich Sie permanent über die Fortschritte unseres Unternehmens informiere. Und ich sage bewusst Fortschritte, weil Bewegung und Veränderung unverzichtbare Weggefährten des Fortschritts sind.
Sie haben es der Tagespresse entnommen, und vielleicht haben Sie es auch schon bei der täglichen Arbeit bemerkt: Die Marktbedingungen haben sich für unser Stammgeschäft deutlich verschlechtert. Dennoch haben wir es mit vereinten Kräften geschafft, unser Unternehmen umzubauen. Wir haben unsere Marktpräsenz erhalten und zugleich – in schrumpfendem Umfeld – an Profil gewonnen und den Umsatz konstant gehalten.
Nun aber sind wir in der Entwicklung unseres Unternehmens

an einer Wegscheide angekommen. Ich bin aufrichtig zu Ihnen: Wir hatten zwei Möglichkeiten, unsere Zukunft zu gestalten: 1. entweder so weiterzumachen wie bisher, mit dem Risiko, über kurz oder lang Umsatz und Rentabilität einzubüßen und das ganze Unternehmen schließen zu müssen; oder 2.: einen radikalen Schnitt zu wagen, einen Schnitt, der mit vielen Opfern und Verlusten einhergehen wird, der aber die Chance in sich trägt, die Marktführerschaft zu behaupten und unser Unternehmen im Kern zu sanieren.
Es geht uns also so ähnlich wie dem Förster, der einen Prozessionsspinner in den Eichen findet. Auch er muss sich entscheiden: Will er den Spinner mit Mitteln abtöten, deren Wirkung ungewiss ist, oder will er den harten Weg gehen und die Eichen fällen, die Wurzel roden, um für junge Bäume Platz zu machen? Wir haben uns für den schwierigen, radikalen, aber aus unserer Sicht den einzig erfolgversprechenden Weg entschieden. Wir werden einige Abteilungen unseres Unternehmens schließen und die Mitarbeiter sozial abgewogen und gegen Entschädigung freistellen. Wir wissen, dass diese Entscheidung persönliche Opfer abfordern wird, wir wissen aber auch, dass diese einzelnen Opfer helfen werden, die Substanz unseres Unternehmens zu retten. Wir, als Unternehmensleitung, werden alles in unseren Kräften Stehende tun, um die Belastungen für jeden Einzelnen so gering wie möglich zu halten.
Persönlich möchte ich hinzufügen, dass uns die Entscheidung, uns von einigen der besten und sehr langgedienten Mitarbeitern unseres Hauses zu trennen, nicht leichtfällt. Wir tun dies mit Bedauern und Anteilnahme.
Nehmen Sie unser Versprechen zur Kenntnis, dass wir niemanden aus den Augen verlieren und für alle unsere Mitarbeiter

Verantwortung übernehmen. Denn, lassen Sie mich bei dem Bild des Waldes bleiben, der Förster denkt nicht nur an die kommende Holzernte, sondern auch an die vielen Ernten, die seine Kinder und Enkel einfahren werden.
Details und Konkretes entnehmen Sie bitte der beigefügten Erklärung, die ich heute an die Presse schicken werde.
Ich bitte Sie zudem, morgen um 9 Uhr in der Aula im 21. Stock zu erscheinen. Dort werde ich mich in gewohnter Offenheit allen Ihren Fragen stellen. Ihre Abteilungsleiter werden jeden Einzelnen von Ihnen im Lauf des morgigen Tages zu einem Einzelgespräch bitten.
Ihr
Markus Meyer

Er lässt natürlich sie die Mail schreiben, denn er muss ja zu seiner Geliebten.

Sie steht auf, läuft durch die Flure. Die Räume sind leer. Die Unternehmensberater, die heute durch die Firma gelaufen sind, die im Geist schon an alles ein Preisschild geklebt haben, sind längst weg, und auch ihre Leute sind im Feierabend. So ist es eben, der Mensch arbeitet nicht gern.

Irgendwie sitzen sie trotzdem da, wie Schatten an den Plätzen, angetrunkene Wasserflaschen, Papierstapel auf den Tischen, Bilderrahmen, Patina der Fingerspitzen auf den Tastaturen.

Alle sind weg, und alle sind da.

Diese unfassbaren Büroschränke, hellbraun und staubig, aus dem Katalog eines Büromöbelherstellers, sehr robust und genauso hässlich. Seit Wochen war keine Putzfrau hier. Oder seit Monaten. Das Einzige, was in diesem

Hochhaus immerzu geputzt wird, sind die Fensterscheiben, und die auch nur von außen. Ihr kommt ein Lied in den Sinn.

When I was just a little girl, I asked my mother, what will I be.

Der Nuhr, der selbst vorgeschlagen hat, seine Frau in Frührente zu schicken, seine eigene Frau hat er angeschwärzt, er sagte: »Frau Schaaf, meine Frau starrt den ganzen Tag nur, und die arbeitet nicht.«

Will I be pretty? Will I be rich? Here's what she said to me.

Der Kranz, der seinen Vater so nett pflegt. Immer der Erste in der Kantine.

Que sera, sera, whatever will be, will be

Die Halber, alleinerziehend. Hält sich für eine Führungskraft, ist auch eine, wird aber nie wieder einen neuen Job finden.

The future's not ours to see
Que sera, sera
What will be, will be

Sie durchschreitet Großraum für Großraum, der arrogante Handke – weg, die Geliebte vom Chef – weg, der stinkende Krachtmann – weg.

Und dann hat sie eine Idee.

Eine wunderbare Idee, eine längst überfällige Idee, eine Idee, wie man sie nur einmal im Leben hat. Ihr ganzes Leben lang ist sie für Ideen bezahlt worden, und niemals war eine so gute dabei.

Sie wird alle befreien.

Im Geist zählt sie die Ölbilder durch. Eins unten im Foyer, eins in seinem Büro. Drei in der Aula, eins in der Bibliothek und eins bei ihr, das kleinste. Sie geht in ihr Büro zurück und tut etwas, was sie noch nie getan hat, nicht einmal in zwanzig Jahren in der Firma: Sie berührt das Bild. Sie fasst es mit beiden Händen an und hebt es hoch. Es wiegt: fast nichts. Hunderttausend Euro Marktwert, das hat sie mal gegoogelt. Und vielleicht fünfhundert Gramm schwer.

Ein Vogel im Fahrstuhl. Auf dem Weg nach ganz oben, in den einundzwanzigsten Stock.

Die Aula hat große Flügeltüren und leere Stuhlreihen. Die Bilder sind ungesichert. Ist das nicht merkwürdig? Keine Alarmanlage, kein Sicherheitsrahmen. Die Dinger sind nicht mal in der Wand verschraubt. Sie schichtet die Bilder aufeinander, sie liegen da wie Sperrmüll, und von Stühlen ohne Menschen kommt unhörbarer Applaus, so scheint es ihr.

Sie verbeugt sich, in alle Richtungen. Sie flüstert: »Vielen Dank, meine Damen, meine Herren. Ohne Ihre Mithilfe hätte ich es nicht geschafft.«

In Meyers Zimmer ist sie einen Moment lang beeindruckt von der Eleganz des Raumes. Der Schreibtisch ist leer. Nichts, kein Papier, nicht einmal ein Stift liegt da. Sein Platz ist nicht in der Ecke, wie überall sonst, sondern mitten im Zimmer. Die Wände sind hellgrau, zwei Ledersofas, dazwischen ein flacher Tisch aus massivem Holz, wunderschön gemasert. Das merkt sie sogar jetzt.

Sein Bild nimmt die halbe Wand ein. Ein Adler, auch auf dem Kopf. Man kann ihn von überall sehen. Vom Schreibtisch, von der Sitzgruppe. Sie hebt ihn von der Wand, und weil das Bild so groß ist, wirkt es noch leichter als der gelbe Vogel in ihrem Büro. Doch dann kippt sie ihn fast um, weil sie merkt, dass er sehr schwer ist. Sie schleift ihn durch den Raum und wundert sich darüber, dass sie versucht, vorsichtig zu sein. Dann ist Schluss.

Er passt nicht durch die Tür. Das kann nicht wahr sein, denkt sie, aber es ist wahr. Sie probiert es erst hoch, dann quer, zuletzt in der Diagonale des Türrahmens. Wie haben die Arschlöcher ihn da reingekriegt? Sie kennt die Antwort, noch ehe sie die Frage zu Ende gedacht hat. Sie haben sein Büro um das Bild herum gebaut. Diese Schweine.

Gleich wird sie panisch, sie fühlt, dass es eng wird. Doch wenn die Not groß ist, ist Rettung nah. Sie geht ins Vorzimmer und nimmt eine Schere vom Schreibtisch der Sekretärin. In der linken oberen Ecke beginnt sie zu schneiden. Die Leinwand ist weich, die Schere gleitet einmal im Viereck. Und dann tritt sie den Rahmen klein, wie gut, dass sie bequeme Schuhe trägt, mit denen kann sie richtig große Schritte machen und richtig zu Kleinholz treten.

Jetzt passt der befreite Adler durch die Tür. Sie legt ihn auf die anderen und schließt zum Schluss die Bibliothek auf. Hier saß immer der Alte, damals, als sie noch nicht hier war und er noch nicht tot, als sie noch dachte, dass sie mit ihrer Anwesenheit in der Welt die Welt verbessern würde. Sie hat den Alten nicht gekannt, aber er war der Erste, der große Geschäfte, große Worte und große Kunst liebte, der Patriarch. Sein Bild ist ein Baum, auf dem Kopf, die Krone dort, wo die Wurzeln sein sollten, und sie trägt ihn zu den anderen rüber. Ein stattlicher Haufen.

Unten im Foyer: Repräsentationsarchitektur, Einschüchterungsarchitektur. In der Pförtnerloge sitzt die Pförtnertante und tippt irgendwas.

»Haben Sie nicht eigentlich schon längst Feierabend?«, fragt sie, und die Pförtnertante raunt: »In einer halben Stunde.«

»Ah.«

Mist, denkt sie und schaut auf die Taube hinter der Löwi. Mist.

Dann denkt sie: egal. Dann bleibt das Bild eben hier unten.

Zurück im Büro, löscht sie die Mail und schreibt eine neue:

Liebe Kolleginnen, liebe Kollegen,
what will be, will be.
Herzlich
Ihre
Andrea Schaaf

Senden.

Draußen geht die Sonne endgültig unter, sie sieht ein paar Zugvögel und wundert sich: Zugvögel, im August? Sie wundert sich überhaupt oft über die Natur, sie sieht

Spatzen in Pfützen baden und freut sich, sie sieht riesige Zitronen auf dem Markt und freut sich.

Zugvögel im August.

Schnell mal im Internet nachsehen:

Wie im September 2007 berichtet wurde, hat eine weibliche Pfuhlschnepfe mit der Bezeichnung E7 einen 11.500 Kilometer langen Flug von Alaska nach Neuseeland nonstop durchgeführt. Der Vogel war wie mehrere andere mit einem Sender ausgestattet. Dieses Tier hält damit, soweit bekannt, den Flugweitenrekord für Zugvögel.

Sie nimmt das Bild ihres Großvaters, schiebt es aus dem Rahmen und steckt es beim Rausgehen in ihre Gesäßtasche.

Der Keller ist grau, es ist unmöglich zu sagen, was das ist – der Staub der letzten Jahrzehnte oder die RAL-Farbe. Hier war sie noch nie.

Ein kleines Schild weist ihr den Weg: »Haustechnik«.

Ein Raum voller Rohre, Kabel und Schalter, und es ist ganz leicht, die zentralen Wasserhähne zu finden, es ist eigentlich ganz unmöglich, sie nicht sofort zu entdecken. Jeder einzelne ist sauber verplombt und mit Blockbuchstaben gekennzeichnet. Warmwasser, Kaltwasser, Sprinklerwasser, einundzwanzig Mal, ein Sperrhahn für jede Etage. Siebenundfünfzig Haupthähne dreht sie zu.

Dass es so einfach ist, die Hähne abzudrehen, ärgert sie fast. Warum tue ich erst heute, was ich schon lange und mit Leichtigkeit hätte tun können?

Die Kittel der Putzfrauen an Wandhaken, blau-weiß gestreift, und obwohl sie gewaschen aussehen, meint sie, getrockneten Schweiß zu riechen, und einen Moment lang spürt sie Brechreiz. Sie zieht die Gürtel aus den Kitteln.

Putzmittel. Es ist alles da, was sie braucht.

Sie nimmt einen der Wagen und packt. Sie lädt auf: einundzwanzig Flaschen Waschbenzin, eine für jede Etage, einundzwanzig Putzkittelgürtel dazu.

Sie wird jetzt nach oben fahren, zum Kunsthaufen, ohne einmal zu stoppen. Dort oben im einundzwanzigsten Stockwerk wird sie einundzwanzig Flaschen Waschbenzin öffnen und in diese einundzwanzig Putzkittelgürtel stopfen. Sie wird dann mit einundzwanzig Flaschen Waschbenzin-Putzkittel-Molotowcocktail in den Fahrstuhl steigen und alle Knöpfe drücken, von der Eins bis zur Zwanzig.

Bevor sich die Tür zum ersten Mal schließen wird, wird sie ihr Feuerzeug an den Gürtel des ersten Putzkittels halten. Sie wird die Flasche werfen und ein Stockwerk tiefer fahren, und noch eins.

Unten wird sie sich die Pförtnertante schnappen, sie wird sie bei der Hand nehmen. Sie wird mit ihr das Haus verlassen, unter dem Beifall eines unsichtbaren Publikums. Hinter ihnen wird es brennen, die Bilder, die Tische, die Teppiche, die Wände, die Luft, das tote Kapital, denn die Menschen sind ja alle zu Hause, und morgen werden sie zur Arbeit gehen und vor der Asche stehen.

Wir haben uns für den schwierigen, radikalen, aber aus unserer Sicht den einzig erfolgversprechenden Weg entschieden.

Hoffentlich bleibt der Fahrstuhl nicht stecken.